尚思伽作品

荒原狼的嚎叫

尚思伽 著

生活·讀書·新知 三联书店

Copyright © 2021 by SDX Joint Publishing Company.
All Rights Reserved.
本作品版权由生活·读书·新知 三联书店所有。
未经许可，不得翻印。

图书在版编目（CIP）数据

　荒原狼的嚎叫 / 尚思伽著. -- 北京：生活·读书·新知三联书店，2021.3
　ISBN 978-7-108-07043-2

　Ⅰ.①荒… Ⅱ.①尚… Ⅲ.①欧洲文学评论-文集 Ⅳ.① I500.6-53

　中国版本图书馆 CIP 数据核字 (2021) 第 005716 号

责任编辑	卫　纯
装帧设计	李　猛
设计协力	杜英敏　宗国燕
责任校对	常高峰
责任印制	宋　家
出版发行	生活·读书·新知 三联书店
	北京市东城区美术馆东街22号　100010
网　址	www.sdxjpc.com
经　销	新华书店
印　刷	三河市天润建兴印务有限公司
版　次	2021年3月北京第1版
	2021年3月北京第1次印刷
开　本	787毫米×1092毫米　1/32　印张8.125
字　数	127千字
印　数	0,001-5,000册
定　价	49.00元

印装查询 010-64002715　邮购查询 010-84010542

目录

5 序　折芳馨兮遗所思
　　——尚晓岚与《读书》杂志 / 汪晖

31　作为冷战小说的《日瓦戈医生》

41　谁能看到镶着宝石的天空？

55　荒原狼的嚎叫

71　《群魔》的诘问

85　彼岸的召唤

101　四十仍"惑"

107　历史学家为什么忘记了"人"？

114　当我们谈论丁玲的时候，我们是在谈论理想
　　　访谈：只有20世纪才有丁玲这样精彩绝伦的生命

135　冯雪峰，一面活的旗帜
　　　访谈：冯雪峰作为翻译家的贡献，没有被充分认识

- 151 春风何处说柳青
  - 访谈:你有什么样的生活就有什么样的创作
- 169 收拾起大地山河一担装
- 184 历史,送给姜鸣一份厚礼
- 197 扬之水:恋物,而不为物累
- 211 边芹:"西方文明",不像你想的那么"文明"
- 226 堀田善卫:拷问历史刻写《时间》
- 242 日俄战争,我们为何成了"在场的缺席者"?

序　折芳馨兮遗所思
——尚晓岚与《读书》杂志

汪晖

2004年10月的一个下午,《读书》编辑部正在准备下一期的稿件。同事孟晖向我推荐一篇关于契诃夫戏剧的稿件,她满脸兴奋,说这是难得一见的、真正理解了契诃夫戏剧的文字。在《读书》杂志的几位编辑中,孟晖对于文章一向挑剔,批评不留情面,能让她由衷赞叹的文字并不多见。我拿过那篇文章,稿签上已经写满了她的推荐和评语。一个多月后,这篇文章便发表在同年《读书》第12期上,题目叫作《天边外的契诃夫》,作者所思。

这是尚晓岚为《读书》所写的第一篇文章,所思是她在《读书》所刊文章的笔名。 2004年9月,首届中国国家话剧院国际戏剧季在京举办，主题是"永远的契诃夫"，上演了《普拉东诺夫》（国家话剧院）、《安魂曲》（以色列卡梅尔剧院）、《契诃夫短篇》（加拿大史密斯·吉尔莫剧院）和两部《樱桃园》（俄罗斯国立青年剧院、林兆华戏剧工作室）。应林兆华和王晓鹰两位导演的邀请，《读书》杂志参与主办了这一届戏剧节，也组织了有关契诃夫戏剧的座谈。晓岚看了所有参展作品并参加了讨论。《天边外的契诃夫》以契诃夫戏剧节为切入点，对契诃夫戏剧及其当代诠释展开鞭辟入里的讨论，初试锋芒，却是一篇见地非凡、笔法成熟的文章。在契诃夫、丹钦科、斯坦尼斯拉夫斯基的对话和此后叶尔米洛夫等研究者的阐释中，《海鸥》《三姐妹》《樱桃园》等作品的喜剧性终于变得明晰起来，但如何解释这一喜剧性依旧依赖于导演的思想深度、演员的表演能力和评论者的审美趣味。晓岚熟读契诃夫戏剧和相关的回忆及研究，加上她对当代舞台状况的熟悉，成竹于胸，下笔流畅自然，将文本分析、潜台词的挖掘、表演形态的判断与她对时代生活、个人命运及有关未来的思考融为一体。她的分析微妙而又准确："契诃夫最美妙之处，在于他准确地把握了人生悲喜剧之间的微妙关系。这两种因素在他的剧作中不是以孤立、分离、对立的方式呈现的,而是完全融合在一起,难分彼此,剧中人最真诚地慨叹人生的时刻,也往往是他们暴露自身弱点、显得可笑的时刻。人物的多面性、作家潜在态度的多面性造成了戏剧意旨的不确定性。由此,戏剧在一种美妙而含蓄的张力中,踏上了非英雄化、诉求不确定性的现代主义之路。"

对契诃夫戏剧的"不确定的喜剧性"的理解和体会构成了文章的灵魂。对于晓岚而言,契诃夫戏剧的"喜剧性"不仅是一种戏剧技巧或风格特征,而且也构成了一种观察当代生活、反躬内省的方法。正是在这一喜剧性的透镜中,她"举目四望,竟然发现身边到处是契诃夫笔下的人物,无数的罗伯兴、普拉东诺夫,无数的妮娜、玛莎在日常生活中来来往往,甚至自己的心理动机和行为逻辑,也早被契诃夫剖析过了"。当代戏剧舞台和日常生活世界一样,不但有病,还流行着"装病"之病,可恶可恨之事同时也可悲可笑,戏剧由此变成了生活本身,而生活就成了这样一出戏。晓岚通过对"装病"的时代病的分析重新审视自我,让我们在微妙难言的愉悦、羞愧和恍惚的感受中激发走出这一状态的渴望和行动。无情的嘲讽、温暖的气息、逼近生活本质的愿望,如同契诃夫戏剧的"诗意的潜流",在晓岚所有形式的作品中婉转激荡，不绝如缕。

《读书》杂志介入当代中国戏剧实践是从契诃夫开始的。1998年5月，林兆华导演别具匠心，以"等待"为主题，将契诃夫的《三姐妹》与贝克特的《等待戈多》混编为《三姐妹·等待戈多》。这是一部用心之作，但观众寥寥，在观众断续退场的空荡荡的剧场中，我体会着一种鲁迅描述过的"寂寞"。在当月《读书》的编辑手记中，我专门谈了观戏的感慨："林兆华导演的'等待'是别致的。他不能像革命的信奉者那样去看待《三姐妹》，他宁愿把这个'等待'的主题变成一出沉闷的、近乎荒诞的戏剧；他也不能像战后的巴黎人那样拥抱贝克特的荒诞，他宁愿从《等待戈多》的沉闷、重复和荒谬中感知'等待'主题的喜剧性。在戏剧的末尾，戈多的信使，那个站在舞台角落的高台上的、操着乡音的局外人，爬下高台，为三姐妹搭起了走出孤岛的木板。我忍不住地笑了。因此，一个喜剧成了荒诞剧，一个荒诞剧成了喜剧，最终它们融合为沉闷的生活本身。如果说荒诞的主题是对契诃夫的等待的否定，那么，喜剧的方式也是对于贝克特的荒诞主题的否定。但在这相互否定中，那个'等待'究竟还有什么意义呢？"《读书》杂志随后邀请了余华、童道明、林兆华、濮存昕、吴文光等座谈，并在讨论记录的基础上发表了四篇文章，余华飞彩流光，童道明如数家珍，吸引了许多读者。记得有天下午，我骑车路过北京人艺门口，听到后面有人大声呼唤我的名字，回头望去，是林兆华导演。他兴奋地拉着我说：还从来没有过这样的经验，许多没有看过戏的读者写来如此热情洋溢的信。这是《读书》杂志参与组织"永远的契诃夫"戏剧节活动的前缘。

"永远的契诃夫"戏剧节在北京舞台上连番上演的时候，"不确定的喜剧性"在晓岚心中早已盘桓生根。那年5月，爱尔兰 Gate 剧院在北京人艺演出《等待戈多》，用喜剧表演方式呈现等待的主题，大获成功。晓岚将《等待戈多》视为"拯救"这一宗教主题的反面：获救的希望已经消失，日常生活沦为闹剧，自杀是终结等待的唯一出路，然而不是鲁迅笔下梦醒后无路可走的彷徨与苦闷，而是"不是忘了带上吊的绳子，就是扯断了裤带"，"等待拯救根本就是我们避免自杀、凑合活着的借口，于是信仰成了荒诞，荒诞则成为我们对世界的意识，成了新的信仰"。我的感觉是：晓岚在瓦尔特·阿斯姆斯导演的喜剧方式中找到了沟通契诃夫的喜剧性与荒诞主题之间的真正桥梁，在贝克特的作品中发现了契诃夫式的抒情潜流。"观众接连不断的笑声证明,《等待戈多》从来就不是一出难懂的沉闷戏剧,贝克特的天才赋予了它绝妙的轻松效果。然而逗趣也绝不是《等待戈多》的目的,幽默成为反抗常规、自我批判和自我解救的方式,不知不觉间,斗嘴的笑料上升为抒情诗。"(《荒诞剧原来这模样》)晓岚在《等待戈多》的荒诞主题中发现了契诃夫以反讽的方式表达的对于梦想的敬重——这份敬重源自"现实世界的抒情本质"。她因此引用尤涅斯库的话说:"喜剧性是对于荒诞的直觉"。

通过对于契诃夫的理解,晓岚对自己十分尊敬的林兆华导演的"双重否定的等待"及其沉闷的表演方式有些不以为然,对于任鸣导演的《等待戈多》加入说唱等形式更加难以接受。这一从观戏中产生的思考促使她对80年代以降的以反斯坦尼体系为旗帜的当代戏剧潮流进行反省。1954—1957年间,在中央戏剧学院和中央戏剧学院华东分院,同时活跃着至少七名苏联专家,传授斯坦尼斯拉夫斯基体系,其中也涉及斯坦尼体验派与梅耶荷德表现派的争论,但未成为中心论题。[1]从焦菊隐一代起,北京人艺一直在探索话剧民族化问题,其巅峰作品也都是在这一脉络下诞生的;斯坦尼学派对于戏剧的理解和演员的训练方式对人艺有影响,但其表演形态很难被概括为斯坦尼体系。80—90年代,现实主义传统遭遇挑战,现代/后现代主义兴起,以林兆华、高行健为代表的先锋戏剧派把斯坦尼斯拉夫斯基学派当作反抗的对象。我至今记得那时看完戏常常与主创人员到人艺对面的酒吧小坐,老林总要批判一通北京人艺的斯坦尼传统。岁月流逝,晓岚渐渐发现这似乎是一个与风车格斗的故事。无法准确表达潜台词的松散念白,捶胸顿足的表演,将抒情处理成诗朗诵般抑扬顿挫,源自斯坦尼传统吗?与说唱、音乐等一道滚滚而来的念白就是反斯坦尼的实践吗?在晓岚看来,无论是沉闷的"等待",还是欢畅的舞台,都破坏了演员对于戏剧内涵、台词和生活本身的理解和表演能力,无法呈现"现实世界的抒情本质"。

"诗意的潜流"在北京的舞台干涸了,但在更深的地底

---

[1] 田汉在《建国十一年来戏剧战线的斗争和今后的任务——在中国戏剧家协会第二次会员代表大会上的报告》一文中提及六位苏联专家(《戏剧报》第14—15期合订本),但据考证,另有一位苏联专家未被提及。见罗琦等:《20世纪50年代形体动作方法在中国的传播》,《戏剧》2019年第1期,第131页。

或许依旧奔流？晓岚的思考把她带到莫斯科的剧场，又让她在北京的舞台观看来自不同国度的表演，她对于戏剧艺术中那些清晰而又微妙、反讽而又温暖、笨拙而又精确、凝重而又欢乐的处理方式体会日深。在思想提炼、艺术表现和格调趣味方面，她最不妥协的要求是舞台表现的创新与逼近原作精髓的结合，呈现源自生活本质的那种力量和诗意。或许也正由于此，她对2015年1月李六乙导演的观赏性不强的《万尼亚舅舅》给予更多的同情：抽象的舞台，表演的距离感，形式上对传统套路的拒绝，凝滞缓慢而又精致、优美的风格，反而体现了导演力图逼近原作意图的用心。

她终于在清澈的吉他声中听到了契诃夫戏剧的抒情气质。（《谁能看到镶着宝石的天空？》，《读书》2015年第7期）

晓岚有自己的社会政治判断，但很少直白地表达。她不能容忍用立场的正确性掩盖艺术的苍白。然而，在《荒原狼的嚎叫》一文中，"抒情的潜流"正在突出地表，她的美学趣味与对过度精致的警觉紧密地结合在一起，文字的韵律与节奏中，有一种仿佛想要撕破什么东西的尖利。这篇文章对侯孝贤的《刺客聂隐娘》和波兰戏剧《伐木》的评论实际上是晓岚对自己的美学趣味的检讨和反叛。侯导的新片精致、优美，与当代舞台的粗糙、庸俗和油滑截然有别，但晓岚发现"那摇荡着树梢的风，和当年掠过《悲情城市》的风，已截然两样"。不只是精致与资本投资之间的关系，而且是以精致对抗庸俗的姿态本身，让她感到时代性的虚空。《伐木》的导演不仅将生活的无聊、空虚展现给台下的观众，而且将观众的观戏状态纳入无聊、空虚的世界，以此刺激观众的反抗情绪。然而，这些反抗不过是一种精确算计之后的戏剧效果，就像许多以天下为己任的男女忙着在社交媒体上搬运文字，长吁短叹，筹划愤怒，表演真诚，伪装烈士，在键盘方寸之间纵横捭阖，其情其状，契诃夫笔下的那种叫作"装病"的时代病已经不足以描述其荒诞。晓岚因此写下了这样的文字："《刺客聂隐娘》和《伐木》这类作品的长镜头、慢节奏、非情节化，固然是对抗大众消费逻辑，但它们依然在这个逻辑之内，只不过指向小众罢了。在本质上，它们静态、封闭、自足、自满，抽象的思索和批判，排除了真正的历史深度以及介入现实的能力。它们是'太艺术的'，反而失掉力量，在审美的旗帜下，成就了艺术的幻觉，或幻觉的艺术。"

关于"真正的历史深度以及介入现实的能力",晓岚此后在剧本《中书令司马迁》中做了更深入的探讨,而在《荒原狼的嚎叫》中,她通过重读黑塞1927年的小说,剖析个人主义文化如何以独异的方式或叛徒的形象,通过内部的对抗,为腐朽、粗鄙的社会带来"恰到好处的刺激和创造力",从而"避免文化上的平庸和怠惰,达成自我充实和自我更新"。因此,荒原狼不仅是中产阶级文化真正成形的标志,而且是一切呐喊沦为时髦表演、一切抗议化为新型消费的"诉讼程序",如同崔健的歌词一样,"情况太复杂了,现实太残酷了,理想都破灭了,我也不想活了","但我们仍然活着,带着反讽、戏仿、幽默、悲痛、欢乐、享受、自我安慰的表情,去经历诅咒与温厚、妒恨与决绝、阴谋和爱情、诞生和死亡,以及性的冲动、理想的挽歌、买卖的吆喝,向前走着……"(《读书》1999年第1期"编辑手记")。

我至今还记得初读这篇文章给我的触动。那是2016年春天的夜晚,恍然之间,照见了二十多年来发生在我自己身上的变与不变。整整三十年前,在一次巨大的动荡之后,我也曾试着重读一批小说,其中关于马尔克斯、毛姆的文章发表在1990年的《读书》杂志上,而关于《荒原狼》的文章却无缘发表，最后只能收录于我的发行量很小的随笔集中。在这篇题为《叛逆的与驯顺的》的文章中，我意识到："荒原狼"不仅是一个人物，一种特殊的心态，而且是一种独特的情境，一个时代的寓言；构成其生活基调的是一种生活在生活之外的感觉——宗教、祖国、家庭、政府、科学、艺术对他都已经失去了意义。但他并未像他的思想应得的结论那样，让自己站在墙边，让人枪毙，相反找到了某种适应。正由于此，荒原狼这个概念不过是一种假定、一种精神错觉，一种用想象的关系取代其与世界的真实关系的习性。在1989年之后的巨变中，所有这些剖析都带着沉痛和难以言表的自我怀疑，或者说，通过自我分析以重新确定自己与所处世界的关系的努力，却未能找到走出这一困局的方向。

《荒原狼的嚎叫》远远地超越对一部小说文本的解读，作者对于个人主义文化的反思、对克服这一文化危机的思考，以及对当代中国文艺前景的判断，在读者中引起了强烈反响。黑塞的自我剖析没有给出走出自我迷宫的现实答案，他转而在信仰的世界中寻找新生活的可能性。然而，在90年代向着全球化飞奔的情境中，重提信仰几乎有一种喜剧性的效果。晓岚在契诃夫和贝克特戏剧的喜剧性和荒诞中、在上帝已死的调子中,敏锐地察觉了上帝的影子,她对于黑塞作品中的宗教性的"拯救"主题毫无幻想。但她没有因此放弃"拯救"的可能性,而是将目光转向了三十年前我们正在告别的、与社会主义实践伴生的、一种尚未完成的新型文艺实践。她怀着期待,认为"它虽然已被逐出历史,但还是留下了倔强的声音——卸下个人主义的精致枷锁,挣脱被消费的宿命,并非毫无可能"。以生命与信仰相搏的不是妥协,而是绝望的抗战。正是在绝望的地平线上,"不确定的喜剧性"降临了,"诗意的潜流"再度奔涌:"如果我们看不见它,抓不住它,那又有什么关系?别人能看到它的!"(契诃夫:《樱桃园》)

《〈群魔〉的诘问》和《彼岸的召唤》是她为《读书》所写的最后的文字,迄未刊行,与《中书令司马迁》(未完成修改稿)一样,作者洞察历史、人心与艺术的敏感一以贯之,而处理复杂的政治议题的穿透力与她在剧本中以司马迁、汉武帝等人及其相互冲突为中心深描历史图谱遥相呼应。这些作品标志着晓岚的思考所达到的深度与广度,字里行间涌动着巨大的激情,却又不失清晰明理的态度。"今天改编和上演《群魔》，如果不能真正和原著、和历史展开对话，仅仅是呈现一部'世界名著'，那意义也就有限。"这是她在《〈群魔〉的诘问》中提出的问题。与此前有关契诃夫戏剧的分析不同，她不再聚焦于舞台表现与现实的关系，而是将历史本身作为舞台，将19世纪欧洲和俄国革命中不同人物的趋同、博弈、分叉和斗争置于观察的中心，而戏剧、文学或理论只是作为她进入这一复杂而宏大的戏剧冲突的契机。

《〈群魔〉的诘问》的真正主角不是陀思妥耶夫斯基小说中的人物，而是陀思妥耶夫斯基本人与巴枯宁以及赫尔岑、别林斯基等"40年代人"，而戏剧冲突又包含了前台与后台两个不同层次，前台是这些人物之间的分化与矛盾，而后台则是作者（所思）与作者（陀思妥耶夫斯基）之间的相互诘问。《群魔》中的彼得·斯捷潘诺维奇·韦尔霍文斯基是以1869年轰动一时的涅恰耶夫案的主角为原型的。巴枯宁在与涅恰耶夫交往中暴露出的轻信、不拘小节和狂放不羁，不但给他个人声誉带来了巨大冲击，而且也证明他的激进革命的理论和实践的确破绽百出。在这个意义上，"《群魔》是回应时代思潮、批判激进革命的杰作，它给出了一种历史理解方式——革命不是出于可靠的知识、深邃的思想和真正的信仰,而是个别狂徒为权欲和激情所驱使、不顾后果的发明,它具有蛊惑人心的强大力量,裹挟着盲目的人们跳下悬崖,用暴力和血污制造了一幕幕历史的悲剧"。

如果说"陀氏敏锐地从一桩杀人案中发掘出了政治因素和思想内涵,严厉地叩问自己的时代",那么,晓岚在文章中展开的正是对叩问的叩问。首先,她将《群魔》置于早十年发表的屠格涅夫《父与子》、车尔尼雪夫斯基《怎么办?》的序列之中,追问为什么同为"新人","巴扎洛夫如手术刀一般冰冷而精确,拉赫美托夫饱经磨炼毅力超人心思缜密,而陀氏的'新人'不再具有任何正面因素,只是一个跳来跳去、戴着小丑面具的恶魔"?由此,她将陀氏从审判者的位置上解放出来,成为一个参与戏剧演出的对话者。其次,"为什么巴枯宁这样一个人,会拥有那样强大的感召力,为什么他和他激进得不切实际的理想,吸引了千千万万青年舍生忘我,为什么在第一国际的路线斗争中,他获得了那么多的支持和同情"?

在晓岚笔下,真正的戏剧冲突是在两位同时代精英的反叛者之间展开的:陀氏与巴枯宁"反叛的方向截然相反,陀思妥耶夫斯基走向东正教和神圣的俄罗斯,巴枯宁走向无神论、激进革命和无政府主义,他的名言是'破坏的激情就是创造的激情'"。因此,"要想理解巴枯宁、涅恰耶夫这般'不道德'的革命者,要想避免革命史被简单化和污名化,就要正视陀氏的诘问,成为他合格的对话者"。但另一方面,陀氏的追问是历史戏剧内部的诘问,它本身也必须被诘问:"这不是为了洗净历史的血污,也不是要为革命披上浪漫的光彩,而是为了让历史不被当代的喧嚣埋葬,获得它应有的尊严和归宿。"在《彼岸的召唤》中,晓岚借赫尔岑与巴枯宁的对话继续这一主题:"赫尔岑一生中对巴枯宁所抱的态度是复杂的(一定比巴枯宁看待他要复杂),想必有过很多轻视、厌烦、气恼、愤恨的时刻,但他很清楚,巴枯宁是敢于想象和创造历史,并全身心投入其中的无畏之人,拥有一种'英雄的性格'。"在巴枯宁身上,晓岚看到的是与契诃夫在《海鸥》中怀着向往却无法投入行动的"喜剧性"恰好相反的喜剧性,他的轻信、混乱、对暴力的推崇与信仰的坚定、彻底超越自己出身的阶层并投身行动的能力,以及冲破一切网罗的激情相互纠缠,构成了19世纪俄国革命的一道风景。

汤姆·斯托帕的《乌托邦彼岸》剧情覆盖了1833—1868

年间俄国"40年代人"的黄金岁月,而欧洲1848年革命的兴起与失败,以及俄国在这一革命时代的独特位置,构成了剧作诠释19世纪革命与当代世界关系的大舞台。这部作品于2002年在伦敦国家剧院、2006年在纽约林肯中心演出,赫尔岑、巴枯宁、别林斯基、奥加辽夫、斯坦克维奇、屠格涅夫等19世纪俄罗斯"西欧派"知识分子与欧洲革命的灵魂人物马克思一道出场,七十多个角色,九个多小时,堪称当代舞台史诗。我无缘观演,但纽约朋友们的兴奋越过太平洋,足以激发想象。然而,晓岚从不因一时的欢呼或贬低而随波逐流,对她而言,只有在与原著和历史展开对话之后,一部作品的价值与意义才能最终呈现。《彼岸的召唤》对剧作的艺术成就给予高度评价,但从一开始就提请读者注意:2007年10月,当《乌托邦彼岸》在莫斯科登台时,却遭遇了俄罗斯批评家的尖锐批评。这是为什么?

《乌托邦彼岸》的中心人物是赫尔岑,而其对立面则是《群魔》所嘲讽和批判的巴枯宁。正如《〈群魔〉的诘问》包含了前台与后台两个层次的对话一样,《彼岸的召唤》以剧中人物赫尔岑与巴枯宁的思想纠葛为背景,而将以赛亚·伯林与列宁这两个并未出现在剧中的人物之间的对话置于历史舞台的中心。晓岚清晰地意识到斯托帕创作的思想基础乃是冷战晚期以降风行全球的伯林版本的自由主义史观及其对俄国思想家的阐释,即"否定历史目的之存在,批判宏大的思想体系或社会制度对个人权利的压制和侵犯,反对暴力革命,唱诵个人自由"。这是一场借助对于赫尔岑思想的解释而展开的有关革命的诘问之诘问。她在这里显示了一种导演式的才能,让剧中的赫尔岑与《往事与随想》中的赫尔岑对话,同时穿插巴枯宁与赫尔岑这对友人兼冤家的思想敌意与惺惺相惜,并以伯林与列宁之间有关历史、革命与俄国知识分子的分歧作为进入历史现场的不同线索。丰富的潜台词在对话和对峙中激荡,细心的读者可以伴随"剧情"发现被当代诠释所压抑的"现实的抒情本质",即在我们脚下的泥土中蕴藏着的未来之萌芽。

伯林在《赫尔岑与巴枯宁论个人自由》中,将这两位推崇个人自由的俄国思想家进行对比,巴枯宁单纯、浅薄,语言慷慨浩荡,但迷恋抽象,罕与经验相关,他反叛黑格尔,自称憎恨基督教,"但他的语言正是两者语言的习套混合"[2];而赫尔岑恰好相反,他的思想是一种彻底的现实主

---

[2] 以赛亚·伯林:《俄国思想家》,译林出版社2001年版,第134页。

义,"这种特殊的非玄学、经验主义、'幸福论'(eudaemonistic)个人主义,使赫尔岑成为一切体系、一切压制自由之说的死敌——无论你以功利考虑或集权原则为名,或者以神秘启示为目的,对不可抗拒的力量的尊重,'事实逻辑'或假其他任何类似理由之名,而压抑自由,他都誓死敌对"。两相对比,伯林问道:"巴枯宁有何丝毫足堪与他争色比伦之处可言?"[3]

伯林其实熟知赫尔岑著作中包含的革命思想,但为了适应他对历史目的论的批判,在他的笔下,赫尔岑只是"以个人自由为其社会与政治的中心义理,视个人自由为至职之事,认为让弃此物,其余一切活动,不论自卫或出击,都毫无价值"[4]。晓岚从赫尔岑自己的书中摘出几句,作为对伯林版本的赫尔岑的回应:"赫尔岑的确有自由主义色彩,他也不赞成流血激变,但如果抹掉具体的时代背景来讨论他的思想,抽象为他的终极要义,我们又该怎样理解《彼岸之声》中另外一些词句呢?

---

[3] 同上,第139页。
[4] 同上,第126页。

在疯狂、报复、纷争和复仇的狂潮中，这个束缚新人、阻碍新生活、阻碍未来得以确立的世界终将毁灭——这太好了，因此让我们高呼：

混乱和破坏万岁！

死亡万岁！

并愿那未来的旗帜高高升起！（《暴风雨之后》）"

这是一个举重若轻的逼问：历史中的赫尔岑是一个比伯林极力推崇的那个人物、在《乌托邦彼岸》中居于中心位置的那个角色丰富得多的人物。晓岚通过与原著、与历史的对话，其洞见不仅超越了这部规模宏大的戏剧，也照见了伯林的多元论背后的独断性。伯林崇尚个人自由，解构历史目的论，反对抽象的概念，但他对目的论和暴力的批判却完全基于抽象的概念，晓岚评论说：

革命固然有其目的和指导思想，然而革命从来就不是抽象地展开的，而是依存于具体的实践，没有"主义"的人和只懂得"主义"的人，都会遭到失败。历史没有剧本，因为它不是由某个天才在书房里撰写的，它由千百万人共同执笔,各种力量碰撞角逐,被时与势的变化所选择。暴力从来都有它实实在在的产床,而且总是与命名的艺术相关,历史在各式各样的暴力中滚过了几千年,而我们亲眼目睹了被指称为"革命暴力"的成为其中最坏的一种。(《彼岸的召唤》)

1912年,赫尔岑百年诞辰之际,"全俄国的自由派都在纪念他,可是又小心翼翼地回避严重的社会主义问题,费尽心机地掩盖革命家赫尔岑与自由主义者的不同之处"[5]。列宁发表了《纪念赫尔岑》一文对此做出回应,他将赫尔岑置于俄国革命的三代人物、三个阶段中加以阐释,即贵族和地主的阶段、十二月党人的阶段和赫尔岑本人的阶段。列宁从历史的矛盾中理解赫尔岑:"赫尔岑不能在四十年代的俄国内部看见革命的人民,这并不是他的过错,而是他的不幸。当他在六十年代看见了革命的人民时,他就无畏地站到革命民主派方面来反对自由主义了。"[6]他毫不费力地在赫尔岑的

---

[5] 列宁:《纪念赫尔岑》,《列宁选集》第二卷,人民出版社1972年版,第416页。
[6] 同上,第421页。

著述中找到了许多与伯林的选择完全不同的段落，塑造了一个领会了黑格尔的辩证法，懂得辩证法是"革命的代数学"，同时又超越了黑格尔而跟着费尔巴哈走向唯物主义的革命家的形象。对于赫尔岑的深厚的怀疑论和悲观论，列宁不是着眼于抽象的哲学辩论，而是将其放在1848年革命所造成的资产阶级的社会主义幻想的破产这一历史局势中加以说明。与伯林和《乌托邦彼岸》将赫尔岑与巴枯宁的决裂同时视为对于马克思和共产主义运动的审判相反，列宁认为："赫尔岑与巴枯宁决裂时，他的视线并不是转向自由主义，而是转向国际，转向马克思所领导的国际，转向已经开始'集合'无产阶级'队伍'、团结'抛弃了不劳而获者的世界'的那个'劳工世界'的国际！"[7]

晓岚没有按照列宁的分析来阐述赫尔岑，她深知赫尔岑的思想的多面性足以让不同的人各取所需；她也没有鲁莽地跨越时代发出列宁式的召唤，但她坚持从历史场景中理解赫尔岑、巴枯宁和俄国知识分子及其矛盾、自省、苦闷、怀疑和斗争，反而凸显了伯林反对"抽象"本身的抽象性、反对

---

[7] 同上，第418页。

目的本身的目的性、返归历史经验本身的非历史性:"伯林的学识、出众的演说才能、与媒体的紧密合作,甚至他的个人经历(比如他与阿赫玛托娃'传奇'般的会面),都促进了'两种自由'的传播,堪称冷战时代极有成效的学说。伯林与赫尔岑、巴枯宁等历史人物的对话,采取的是一种非历史的方式,指向的不是历史而是价值判断。据说伯林具有理解包容与己相异的思想与气质的'移情'能力,而俄国革命显然不在其列,因为那是'一元论'之恶的集中体现。他所尊奉的多元主义,在实际效果上形成了一元的排他形态,就好比他坚信'狐狸'才是正确的,到头来显得更像一只'刺猬'。"(《彼岸的呼唤》)这些论述为许多自命的当代自由主义者做了生动的画像,如同空谷足音。

晓岚将不同的声音置于舞台的中央,并以之与斯托帕、他身后的伯林以及当代中国的伯林追随者们对话。她熟读陀思妥耶夫斯基的作品,对于巴赫金所说的"复调"有着深刻的理解:复调是多元的,但正如她在《群魔》中看到的陀氏,多重对话绝不是掩盖作者的分析和判断的技巧,而是透过这些多重声音将论述和判断纳入历史情境内部、使之更具有说服力的方法。其实,只要将列宁与伯林置于对话的位置上,而不是以后者的"后见之明"审判前者的乌托邦主义,《乌托邦彼岸》自身的局限(也是伯林的局限)也就显露无遗。在这一点上,晓岚对《群魔》《乌托邦彼岸》的分析是在列宁式的历史分析与契诃夫的喜剧性之间展开的。她发现:投身革命与改造的赫尔岑、巴枯宁的思想和行为中的矛盾与契诃夫笔下的普通人及其自相矛盾的生活已经全然不同,却又共享着某些自相矛盾的喜剧性,从戏剧的角度说,那也正是舞台冲突背后的"诗意的潜流"——一种持续地寻求改变旧生活、创造新生活的激情和投身行动的力量,一种较之契诃夫作品更为强烈的"现实的抒情本质"。在21世纪的新迷局中,晓岚提醒我们:"伯林的经验和学说,已经不足以支撑我们有效地讨论'自由''专制''革命''暴力'等问题了。"(《彼岸的召唤》)

2018年,剧本《中书令司马迁》在《今天》杂志发表,显示了晓岚驾驭历史题材和复杂人物关系的能力。在剧本的开头,她引了两句话,一句是《史记·太史公自序》所谓"原始察终,见盛观衰",另一句是布莱希特对于批判的理解:"我们若是把本时代的戏当作历史戏来表演,那么观众所处的环境会对他显得不平常。而这就是批判的开端。"在布满污秽、矛盾和残酷的历史情境中,晓岚持续地探寻道义的历史尺度,力图通过将本时代的戏当作历史戏来表演,从中发掘"现实的抒情本质"——这正是批判的开始。她的这种取向与能力是从哪里来的?在阅读了这本文集所收文章之后,我对晓岚通过漫长的思考抵达于此有了新的理解。晓岚对自己从事的媒体职业抱有强烈批判态度,但同时又尽力地在各种矛盾的现实中寻觅被压抑的可能性;在"业余写作状态"中,她所呈现的把握历史和理论问题的能力是许多学院知识分子或专业作家所不及的。司马迁在《太史公自序》中答壶遂问"夫子所论,欲以何明"时说:"余所谓述故事,整齐其世传,非所谓作也,而君比之于《春秋》,谬矣。"在着笔的态度上,她从司马迁那儿学到了如何将敏锐的观察放在谦逊与修养所造成的分寸之中,尖锐的批判、犀利的分析、深厚的同情、字里行间的幽默与反讽穿透到处弥漫的嘶喊和油滑,让我们感受一种清晰明理的力量,其趣味的纯正如同一脉诗意的潜流。

走笔至此,夜阑人静,我真切地感受着离去的含义。晓岚曾借奥威尔的话说:"我们是死者。我们的唯一真正的生命在于将来。我们将是作为一抔黄土,几根枯骨参加将来的生活。但是这将来有多远,谁也不知道。"(《荒原狼的嚎叫》)如今晓岚正是作为逝者"参与将来的生活",用自己的文字发掘内在于现实的诗意。暮云春树,天末凉风,已不知如何结束这篇文字,但这几句话在我心中反复回旋,让我记起晓岚最为熟悉的鲁迅诗句。我抄在这里,以作纪念:

椒焚桂折佳人老,独托幽岩展素心。
岂惜芳馨遗远者,故乡如醉有荆榛。

2020 年 7 月 15 日夜

作为冷战小说的《日瓦戈医生》

今年4月,美国媒体刊文,依据新近解密的一百三十余份档案,证实中情局全面介入了《日瓦戈医生》两种俄文本在苏联以外的出版、印刷、发行和推广。由中情局苏联处具体执行,局长艾伦·杜勒斯监管,而且要求:"美国政府之手……不得以任何形式暴露。"美国人制定的行动指南,甚至细致到指导情报人员如何鼓励西方游客与苏联人谈文学,"《日瓦戈医生》是一个绝佳的跳板,可将与苏联人的谈话引向'共产主义对抗言论自由'"。

在文化冷战中,《日瓦戈医生》是西方完胜的一场战役,由于弹药来自苏联内部,其战果或许比奥威尔的《1984》《动物农场》有过之而无不及。《日瓦戈医生》事件,从出版到作者获得诺贝尔文学奖,苏联一败涂地,欧美赢得了舆论,赢得了利益,也赢得了历史。上世纪80年代以来,意识形态地覆天翻,这部小说成为控诉"十月革命"的暴力如何毁灭精英知识分子的代表作,并因作者被诺贝尔文学奖加冕而笼罩着超越时空的"世界名著"的光环——事实上,这种印象正是不折不扣的冷战产物,是这场战役胜负的延续,它雪藏了历史上失败者的声音,也掩盖了这部长篇小说艺术上的缺陷。

帕斯捷尔纳克完成《日瓦戈医生》后,无法在苏联出版,手稿被悄悄传递到意大利,1957年底出版,很快有了各种译本。1958年作者获得诺贝尔文学奖,遭到苏联官方的严酷迫害,被迫拒绝领奖,但他坚持留在祖国,不愿流亡——这大概就是我们对"日瓦戈事件"的通常印象吧。但如果仔细阅读帕斯捷尔纳克的传记,他的妻子季娜伊达、情人伊文斯卡娅等人的相关回忆,就会发现,事件的经过要复杂得多,苏联方面也并非毫无作为。

1955年底,帕斯捷尔纳克基本完成了《日瓦戈医生》,打印了几份后送往《旗》与《新世界》编辑部。他最初想必对出版这部小说抱有希望。1953年斯大林去世,1956年苏共二十大召开,社会环境在松动。在文学界,以爱伦堡1954年发表的小说《解冻》为标志,50年代有所谓"解冻文学"的潮流。事实上,1954年,《旗》已经刊出了《日瓦戈医生》所附的部分诗歌,并向读者预告小说即将收官。

小说送到杂志社后,诗人迟迟没有收到回音。《新世界》的退稿信写于1956年9月(信件落款日期),由主编西蒙诺夫起草,费定等几位编委联署,否定了这部小说,但当时没有公开发表(1958年10月25日,帕斯捷尔纳克获得诺奖后两天,发表于《文学报》)。

在此之前(同年5月),莫斯科对外广播用意大利语报道了小说完成的消息,并称该书即将出版。这引起了意共党员安捷洛的兴趣,他也是意大利出版商费里蒂涅里的驻苏代理,他拜访了帕斯捷尔纳克,诗人把一份打印稿交给了他。也就是说,书稿是在《新世界》尚未给出正式答复的情况下外流的。

得知稿子给了外国人,诗人的妻子和情人都觉得不安。伊文斯卡娅找苏共中央文化部部长波利卡尔波夫商量。这位官员的意见是,《日瓦戈医生》必须先在苏联出版,再在国外面世。帕斯捷尔纳克应该设法从意大利人那里索回书稿。"我们必须追回书稿,万一有些章节我们不发表,而他们却发表了,那不太合适。""无论如何我们一定要在国内决定小说的命运,并且为此做出一切努力。"(据伊文斯卡娅的回忆)他还建议诗人和国家文学出版社的社长谈一谈,并当即给出版社打了电话。

1957年1月,国家文学出版社与帕斯捷尔纳克签订了《日瓦戈医生》的出版合同,指定的责任编辑斯塔罗斯金"是帕斯捷尔纳克创作热烈而又细心的崇拜者",他说:"我要让这部作品为俄罗斯人民增光。"(据伊文斯卡娅的回忆)双方着手商谈出版时间和修改意见。

1957年2月,国家文学出版社致信意大利出版商费里蒂涅里,要求对方在苏联9月推出俄文版之前,不要出意文版。费里蒂涅里回函做出承诺。

但是,《日瓦戈医生》的出版还是搁浅了。其原因,有人认为是苏联方面与费里蒂涅里交涉失败,未能索回书稿,甚至动用意共总书记陶里亚蒂做说客也遭到了拒绝——费里蒂涅里为出版这部书,退党了。当然也不排除对这部小说的否定意见占了上风,苏联当时处于变动时期,文学界的分歧和争论可以想见。而伊文斯卡娅认为:"在这件事情上犯有过失的与其说是他(帕斯捷尔纳克)的政敌,倒不如说是他的文学界对手,而首先是苏尔科夫(苏联作协负责人)之流怀有嫉妒心的人物。像党中央文化部部长波利卡尔波夫这样一些真正的政治家却很想制止这日益激化的事态,希望小说能以稍微可以接受的文本在我国出版发行,并不愿意酿成一场丑闻……"

帕斯捷尔纳克被要求发一封电报给费里蒂涅里,阻止意大利文的出版。根据安捷洛的回忆,诗人对此发了脾气,不过,"最后,帕斯捷尔纳克相信,人家是不会相信电报的,而且也不可能阻止事情的发生……电报就这样发了出去"。

1957年10月,随苏联代表团访问意大利的苏尔科夫在米兰的记者招待会上表示,他获悉《日瓦戈医生》将违背作者的意愿出版。"冷战渗透到文学中来了。如果这就是西方所理解的艺术自由,那么我必须申明,对此我另有看法。"这位作协领导人的话表明,苏联官方已经明确把这部小说视为冷战的工具。

同年11月,《日瓦戈医生》问世,先是意大利文本,随即是俄文本。在半年内差不多就出了十一种译本,两年内译成二十多种文字。在西方得到了大量的宣传,非常轰动。

诗人的妻子季娜伊达回忆这场出版竞争时说:"我们国内大家很气愤,认为这是叛卖行为,而对方所追求的主要目的则是大量赚钱和捞取政治资本。这形成一个很坏的局面。"不过,诗人并不这样看,"他对我说,一个作家活着就

是要把自己的著作出版,而国内却把小说搁置了半年时间"。(据季娜伊达的回忆)

苏联和西方争夺的,首先是出版权。苏联官方愿在修改的前提下促成小说的出版,而且很清楚一旦流出的书稿在国外面世可能造成的被动局面,也曾全力索要流出的书稿。这一点,美国人同样明白。中情局的解密档案是这样描述的:"此书拥有巨大的宣传价值,原因不只在于其固有的信息和令人深思的本性,还在于它的发表环境:我们有机会让苏联公民思考其政府错在何处,因为公认最伟大的在世俄国作家所写的一部优秀的文学作品,竟然不能在他自己的国家,以他自己的语言,让他自己的同胞来阅读。"

1958年10月23日,帕斯捷尔纳克获得诺贝尔文学奖。诗人被迫拒绝领奖,事件持续发酵……大约在这一紧张时期,中情局局长杜勒斯在一次讲话中谈到了《日瓦戈医生》,并被汇报给赫鲁晓夫。有关人员从书中摘录了一些"反革命语录",共三十五页,呈送苏共政治局委员。赫鲁晓夫后来在回忆录中承认,自己没有看过书,他对自己同意采用行政手段处理感到后悔。"我至今后悔当时没有把那部小说印出来。跟文艺工作者打交道,不能用警察的手段来下结论。如果当时把《日瓦戈医生》印成书,会发生什么特别的事吗?我相信,什么事也不会发生!"

然而历史是没有"如果"的,对帕斯捷尔纳克的批判愈演愈烈:开除出作协、大规模的舆论攻击、驱逐出境的威胁、诗人被迫放弃诺奖、发表违心的声明……苏联的批判和欧美的声援相互较劲,水涨船高。也许是出版过程中的博弈耗尽了耐心,也许是固有的文化领域粗暴政策,苏联方面采取了最愚蠢、最不明智的手段,使得脚本恰恰按照对手的期望顺利地演出。在文化冷战方面,美国及西方阵营战略的深远、战术的细致、目标之准确、用人之得当,苏联望尘莫及,简直像核武器和冷兵器的对峙。

《日瓦戈医生》是一部冷战小说,即使中情局之手没有暴露,这一点也是明摆着的。文化冷战中看不见的硝烟化作了它的光环,意识形态的需求砌成了它迈向经典的台阶。其实只要读一读就知道,《日瓦戈医生》跳跃、破碎,叙事视角的转换随意而凌乱,与它一向被标榜的"史诗气质"颇不相称。它不乏流光溢彩的片段,但总体上似乎尚未把握好长篇小说的叙事艺术。它是一部典型的知识分子小说,某些描写很有想象力,犹如摄影机一般极富视觉色彩,带来强烈的印象,但若论人物刻画的生动和深入,时代气息的复杂和悲剧性,它远不能与《静静的顿河》相比。

现代小说训练我们理解破碎、断裂的叙事,情节并非必需,连贯不算美德,但是就《日瓦戈医生》这样以革命和历史为标的的小说而言,如果人物缺乏内在逻辑,或其逻辑与小说的野心不相匹配,恐怕就成问题了——比如小说中拉拉的丈夫安季波夫(斯特列利尼科夫),这位作者着力刻画的红军军官,写得不连贯、不真实,而且相当肤浅。他在自杀前有一大段情圣般的表白,原来他上大学、读书、参军、革命,他所做的一切,都是因为对拉拉的爱啊……《新世界》杂志给帕斯捷尔纳克的退稿信中写道:"日瓦戈所谴责的一切在这个(对革命进行审判的)法庭上没有自己的辩护人。"的确,安季波夫这样的角色,怎能充当革命的"辩护人"呢?恐怕也没资格站上革命的审判席。他经历了"一战",选择了红军,毁于国内战争的风暴,但是这位涂满革命的严酷迷彩的"枪决专家",其实更像一名尚未走出青春期的少年维特,他所支撑的故事和理想,很不幸更接近一出爱情通俗剧而非时代悲剧。说到底,以爱情为原动力的"革命者",最适合他们的土壤是好莱坞。

爱伦堡在回忆文章里说,帕斯捷尔纳克"能理解自己,有时也能理解某些接近他的人,但无论如何也不理解历史",谈及《日瓦戈医生》则说:"小说中有一些极为出色的篇页——描写自然景色和爱情的篇页,但是作者用了过多的篇幅去描绘他不曾目睹、不曾耳闻的事物。书中还附了一些绝妙的诗,它们似乎着重指出了散文精神上的错误。"(《人·岁月·生活》)显然,《日瓦戈医生》在艺术层面并非毫无争议。《新世界》主编西蒙诺夫的看法和爱伦堡一致:全书最出色的部分——首先是作为附录的诗歌,"在俄罗斯文学史和世界文学史上,帕斯捷尔纳克都不是散文作家,而是二十世纪俄国最伟大的诗人之一"。

伟大诗人因长篇小说而享誉世界,依托于语言的诗歌毕竟不易领会,而意识形态这个家伙在哪儿都能领到签证。帕斯捷尔纳克用《日瓦戈医生》审判了革命。他相信:"谁也不能创造历史,它看不见,就像谁也看不见青草生长一样……革命是发挥积极作用的人、片面的狂热者和自我克制的天才所制造的。他们在几小时或者几天之内推翻旧制度。变革持续几周,最多几年,而以后几十年甚至几世纪都崇拜引起变革的局限的精神,像崇拜圣物一样。"

诗人是否知道,他自己实实在在地参与了一种历史的创造呢?在那场影响深远的文化冷战中,他的名字、他的作品是一面鲜艳的战旗。这也是《日瓦戈医生》直到今天还被阅读的一部分原因吧。

2014 年 8 月改

(原载《读书》2014 年第 11 期,署名所思)

谁能看到镶着宝石的天空？

每当看到首都剧场舞台后的砖墙裸露出来，我心中就会涌起一阵莫名的兴奋，像是回到年少时，初次走进这家剧院，那次演的是《海鸥》，如今是《万尼亚舅舅》。这个深广的空间，总是属于契诃夫。

很突兀地，《2001太空漫游》的片头曲响起，一道黑幕降下，遮住了砖墙。壮丽的乐曲将人一把抓住，抛入一个抽象的舞台，黑色从三面围拢，秋千微晃，座椅成排，有几把伸出细瘦的长脚，在白得发蓝的灯光之下，如森森白骨，危险地矗立。没有熟悉的客厅、花园和树影，契诃夫温暖诗意的乡村，化为压抑冷漠的黑色空间。卢芳饰演的叶莲娜，以一种凝重、迟缓的步伐登场了，她绕台而行，音乐已停，长长的静默，横亘在剧场里。

一切都在宣告，李六乙导演的《万尼亚舅舅》，拒绝传统的呈现方式。它的基调是凝滞，冷森森、慢吞吞，但又精致、优美。布景是抽象的，照明设备即时垂降到表演区，演员表演时拉开距离，减少交流，制造一种冷而静的疏离感。

只有清澈的吉他声，提醒着我们契诃夫戏剧的抒情气质。

契诃夫的戏是非常难的，理解不易，呈现更难。离他的台词越近，就越能感受到角色的多面，心理冲突的微妙和复杂，这要求导演和演员有极高的舞台天赋和文学才华，不易达成。风格化的演出则可以避免一些难题，但不利于刻画人物，也很难处理那些非常生活化的台词。李六乙这一版或许就是个例子，凝滞缓慢的风格是富有理解力和创造力的，可观赏性不强——不过，戏剧不是电影院里的大片，观赏性不完全依托感官声色的愉悦。一出戏即便沉闷，只要它建立在对剧作的理解上，能够自圆其说，那么这沉闷的分量，就是沉甸甸的，对舞台的探索，将在其中展开。

《万尼亚舅舅》的叙事结构单纯有力：教授夫妇的到来，打破了乡居生活的秩序，然后闯入者离开，表面上秩序回归，一切照旧，但破碎的已无可挽回。万尼亚控诉教授是个骗子，痛惜自己为一个庸人浪费了一生，这是全剧最显著的冲突，并在第三幕亮出了手枪；剧中还有两组交错的三角关系（叶莲娜＋万尼亚＋医生，叶莲娜＋索尼娅＋医生），掀起精彩的波澜，也是在第三幕，主人公翻开了底牌。在前两幕的有序铺陈之后,亲吻与枪声在第三幕接踵而至,第四幕调门转低,走向结尾的抒情。《万尼亚舅舅》的时空结构看起来自然而流畅,显示着契诃夫圆熟的叙事技巧。

濮存昕投入的表演,使我们把同情心献给了万尼亚舅舅。舞台上的教授是多么僵硬死板,活脱脱一个封建大家长,实在讨厌——但是且慢,万尼亚的愤怒真的合理吗?

契诃夫把大衣、套鞋、手套、雨伞这组"套中人"的全副装备给了教授,这个老家伙整天唠叨自己的病痛,却没能赢得多少同情,只有万尼亚的母亲一贯崇拜他,老奶妈对他报以理解。他可恶、可笑复可怜,但我们找不到任何他刻意欺骗万尼亚的证据。

从台词来推测,偶像的坍塌发生在近一年间,可见的变化是:第一,教授退休了,"连一个鬼也不知道他的名字啦"。第二,万尼亚爱上了教授夫人叶莲娜,"一点也不错!我是在嫉妒!你看他在女人身上,有多么大的成功!"。

万尼亚的悲剧在于,从来没有人强迫他,崇拜偶像、放弃财产、牛马一般地劳作,都是他自觉自愿的。一朝醒悟,他就满腔怒火,诿过于人。他意识到自己为教授以及他所代表的知识、思想浪费了一生,从未享受过爱情和生活的味道，他在抛弃旧偶像的同时找到了新偶像——十年前就认识的叶莲娜，"你是我的幸福，我的生命，我的青春！啊，我很知道，我差不多是绝对没有得到回报的运气的……"。在他的爱情里，还有一部分拯救的幻想，他认为叶莲娜被妇德所束缚，正在像过去的自己一样浪费青春和生命。"你的血管里既然有美人鱼的血，那么由着你自己去做一个美人鱼就对啦！"

然而再度把希望放在别人身上的万尼亚注定是要失望的，他撞见了叶莲娜和医生在亲吻。他浑身发抖，放下了手中的秋玫瑰。

学识和思想，生活和爱情，万尼亚统统失落了。他崇拜一个才具平庸的教授，追逐一个多少沾亲带故的有夫之妇，他自认为已经清醒过来正视生活，其实依旧罔顾现实。然而万尼亚的诗意正在于他的不现实，他的好做梦，这是他身上最动人的部分。他的追悔和叹息，他尖锐的愤怒，柔软的泪水，是这部戏里一簇簇明亮的火焰。

万尼亚舅舅是个单纯的角色，尽管又颓唐又痛苦，他的调子依然是暖的。阿斯特罗夫则不同，他复杂得多，内心也冷得多。很遗憾演员没能把握住这个角色，演得十分拘谨，如果他缺乏魅力,又怎能吸引美人叶莲娜的目光呢?但我们还是不要过于苛求吧——要知道,契诃夫的戏总是很难的,当年扮演医生的,正是斯坦尼斯拉夫斯基本人。

在《万尼亚舅舅》中,医生与万尼亚的戏份不分轩轾,我们不必因为濮存昕的出演而把目光仅仅盯在万尼亚身上。如果追索这部戏的诞生过程,这一点就会看得更加清楚。

1889年,契诃夫完成了《林妖》,此后他大幅度修改了这个剧本,删减人物,改变情节,归并场景,将第四幕推倒重来,其结果,就是《万尼亚舅舅》。剧中的几个主要角色,沃伊尼茨基(即万尼亚,在《林妖》中的名字是叶戈尔)、医生、教授、叶莲娜、索尼娅都是从《林妖》中走过来的,性格都有变化,最显著的就是医生,犹如一个纯洁的青年,历经岁月的摧残,进入成熟的中年。

《林妖》中的医生名叫赫鲁舒夫,他也是地主,不像阿斯特罗夫是一个外来者。他的性格更积极,不过在众人看来十分古怪,由于全力以赴保护森林,他得到了"林妖"的绰号。他的若干台词,被后来的阿斯特罗夫继承。不过,赫鲁舒夫为了减少砍伐,在自己的土地上挖煤,试图买下教授的森林而与之发生冲突，面对森林火灾要冲到现场，这些更具行动力的情节在《万尼亚舅舅》中消失了。

而且，赫鲁舒夫有义正词严的道德感，他斥责沃伊尼茨基和叶莲娜的关系："您没有神圣的东西！您和刚刚走出去的这位可爱的夫人应该想到，她的丈夫曾经是您的亲姐姐的丈夫，而且还有一个年轻的姑娘，跟你们住在一个屋檐下，全县的人都在议论你们的暧昧关系。多么不知羞耻！"

赫鲁舒夫医生的眼睛里根本没有叶莲娜，他爱的是索尼娅，经历了一些口角和波折后，他们拥抱在一起。沃伊尼茨基在第三幕举枪自尽，第四幕则是和解、有情人终成眷属。这一切与《万尼亚舅舅》截然相反。那么，契诃夫笔下怎么冒出了赫鲁舒夫这个少见的积极角色呢？

第二幕的一场戏点出了这个人物的精神本质。赫鲁舒夫表白爱情，索尼娅心情混乱地拒绝了。"您的民主主义的感情会因为您与我们的交往而蒙尘。我是个贵族小姐，叶莲娜·安德烈耶夫娜是贵族夫人，我们穿戴很时髦，而您是个民主派……""您自己挖掘泥煤，植树造林……这有点奇怪，一句话，您是个民粹派……"

真的吗，向来远离政治标签的契诃夫写了一个民粹派？

民粹主义是俄国1861年农奴制改革后兴起的激进潮流，漫延于19世纪后半叶，其内部主张不一，"有人主张采用渐进手段，有人要求一举推翻，有人力主教育与宣传，有人鼓吹恐怖主义与立即起事"（以赛亚·柏林：《俄国民粹主义》）。车尔尼雪夫斯基是民粹派最重要的精神教父之一。1862年，他在彼得保罗要塞的囚牢里，用三个多月的时间写下了《怎么办？》，为一代平民知识分子立言。小说的副标题是"新人的故事"，所谓"新"，既指他们出身平民阶层（或贵族知识分子平民化），也指他们与老一辈截然不同的思想观念。"这些'批判的现实主义者'呼吁同胞以自助与务实的干劲自救。这是一种新百科全书派的运动，提倡自然科学、专业，排斥人文学、古典学问、历史以及其余一切奢侈放纵。"（以赛亚·伯林：《俄国民粹主义》）

那个时代，有许多出身平民的人成为医生、律师、工程师、新式官吏，契诃夫也是其中一员，我们不应忘记他同时是一名医生。他不是民粹派，他的作品也不直接涉入政治，但他的青少年时代正值民粹主义浩浩荡荡之际。他二十九岁时写下《林妖》，赫鲁舒夫医生或许正是一声模糊的回响。

赫鲁舒夫追求索尼娅遭到拒绝，反映的正是民粹派在贵族阶层引起的震动、混乱和迷惘。赫鲁舒夫讨厌自己被贴上民粹派的标签，但他无疑是一个和环境格格不入的新人，是外省贵族地主眼中的怪物。他的台词，洋溢着青年人的冲动和热忱，挑战教授那样的权威和猥琐的环境。

让我们假设，赫鲁舒夫继续在乡间服务，再过十年，他会怎样呢？从《林妖》到《万尼亚舅舅》，契诃夫拿掉了"民粹派"的标签。阿斯特罗夫是比赫鲁舒夫更有力量的角色，这是作家技艺的精进，或许也是下意识里对一代青年命运的体察。但这并不是说，契诃夫在批判民粹主义，反对革命，他向来不是从观念出发的作家，他的写作来自生活经验，他对日常生活的消磨、对理想之光的破灭，有着最为深切的体悟。

《万尼亚舅舅》是以阿斯特罗夫和老奶妈的对话开场的，这时医生来到乡间服务已有十一年。"这十年哪，把我可给变成另一个人了。"他总是抱怨生活的无聊，工作的繁重，他经常喝酒、醉倒，他怀疑自己服务人民的意义。更现实的是，他意识到自己的努力并没有带来改变，"到处照旧是沼泽、成群的蚊子，照旧没有公路，照旧到处是贫穷，到处流行着伤寒、白喉和火灾……"。他热爱的森林被大肆砍伐，生活环境在退化，再加上对人的失望，"这种退化，当然是老百姓们的愚昧、无知和完全缺乏责任感的结果"。但是他又明白，饥寒交迫的百姓为了生存是顾不到明天的，于是只剩下灰色的憋闷和绝望，"一切都差不多破坏完了，却什么也没有创造"。

阿斯特罗夫重视创造，对社会环境的无能为力，使他把目光转向了大自然。他并不是现代意义上的环保先锋，他认为人们应该从地下采煤做燃料来避免砍伐，退一步说，如果砍掉森林的地方"通了公路，通了火车，如果乡下到处都盖满了工厂、手工场和学校"，那样，"农民会健康起来、富足起来，也更有了知识"，那他愿意拥抱新生活。但是这一切都遥不可及。于是保护森林，种植树木，就成了他创造"美"的方式，"美"是他灵魂的寄托。

森林是阿斯特罗夫一个人的乌托邦，除了暗恋他的索尼娅背诵他关于森林之美的观点，没有人对此感兴趣。能够点燃庸俗的日常生活的，还有恋爱。对于青年赫鲁舒夫，爱情是明亮的"灯火"，是生活的"奖赏"，而对于人到中年的阿斯特罗夫，爱情是"美"的诱惑（对长相平凡的索尼娅他视而不见），是被各种言辞遮掩，最终却必然爆发的欲望。

"一个女人，不连续经过这几个阶段，就不能变成你的朋友：最初是熟人，随后是情妇，最后是朋友。"这是阿斯特罗夫对万尼亚谈论叶莲娜的台词，原本属于《林妖》中一位轻浮的花花公子。不同于万尼亚对叶莲娜那种青春般的柔情蜜意，阿斯特罗夫充满中年人浑浊有力的欲望。"真是一个绝色的女人啊。"他为叶莲娜的美貌着迷，但是否认爱情，"只有美还能吸引我一下。我觉得，比如说吧，如果叶莲娜·安德烈耶夫娜愿意的话，她倒是还可以叫我的头脑只昏上一天……然而那也不是爱，不是真正的一往情深……"。

阿斯特罗夫和叶莲娜彼此吸引又拼命掩饰，契诃夫赋予他们绝妙的台词，一切都是铺垫，所有的真话都起到了谎言的作用，暧昧的火焰终将熊熊燃起。李六乙这一版《万尼亚舅舅》，尽管表演有所欠缺，但还是对两人之间紧张的情欲关系给出了恰如其分的理解。在关键的第三幕，他们的对手戏，表演突然加速，原本停滞的舞台像被火的波涛摇动，医生搬着椅子，步步进逼："我们在什么地方再相会？快说，在什么地方?"

当欲望的火焰错失机缘,献身的激情破灭成灰,纯洁的爱慕永无回报,剧中人还剩下什么呢?那就是契诃夫反复写到的"工作"。《三姐妹》《樱桃园》中都有向往工作的台词,但是《万尼亚舅舅》与众不同——烦琐的日常工作令人烦闷,让人变得麻木而庸俗。

1896年,也就是《万尼亚舅舅》正式发表的前一年,契诃夫完成了一篇引起争议的小说《带阁楼的房子》。闲散的风景画家和勤奋忙碌的莉达的对立,映照出契诃夫对"工作"的复杂态度。莉达无疑是贵族中的"新人",她家境富裕却靠教师的二十五卢布薪金自食其力并深感自豪,她忙于地方自治局的事务,教农民识字,为村民看病,她神态严峻,高谈阔论,蔑视画家这种闲散人员。她的美学观点是从车尔尼雪夫斯基一路继承下来的民粹派的典型:"(图书室和药房)即使设备极不完善,我也认为高于世界上的一切风景画。"而画家却认为,学校和药房无非制造了新的需求和劳动的理由,是奴役链条上的一环,人应该从繁重的体力劳动中解放出来,只有精神活动才值得追求,既然这个目标无法达成，那索性什么也不要做。"我现在不想工作，将来也无意工作……什么都不需要，叫这个世界落到地狱里去才好！"契诃夫奇妙地在一篇抒情诗般的小说中展开了严肃的政治性话题，他的笔调让我们很难认同严峻冷漠的莉达，但画家的观点又是那么自相矛盾和不切实际，对立的观点无法得到解决。

繁重的工作压制人的精神，而无所事事者可鄙，这对矛盾在《万尼亚舅舅》中也得到阐发。教授夫妇的到来，打乱的不仅是乡间吃饭睡觉的生活秩序，也是人们的工作秩序，"我们本来个个都是埋头在自己的事业里，很忙的，都专心在建设着，然而你跟你的丈夫一来，我们就把工作都抛开了……你和你丈夫生活里的那种闲散，我们也都不由得传染上了……你们两个人到了哪里，就给哪里带来了毁灭……"。阿斯特罗夫这段诿过于人的台词并不公平，却道出了他反复抱怨、一度放弃的工作对于他的意义。梦想破灭的万尼亚在绝望中也求助于工作："得赶快再干起工作来，得忙点什么事情，不那样我可就再也支持不下去了……"

今天，工作对我们是人生中不言自明的道路，但在契诃夫的时代并非如此，贵族地主的子弟、受教育阶层去"工作",主旨不仅是谋生,更在于自食其力,服务他人,是进步的表现。这是俄国社会发展带来的重要变化,也与民粹主义播下的种子有关。在时代的潮流里,契诃夫站在了灰色地带,他理解进步的意义,但也看到进步带来的傲慢,他意识到烦琐的日常工作会使人的精神世界干涸,令人异化。人永远在困境之中,没有一劳永逸的药方,所以,重要的是"忍受"。

"我们要继续活下去,万尼亚舅舅,我们来日还有很长、很长一串单调的昼夜,我们要耐心地忍受行将到来的种种考验,我们要为别人一直工作到我们的老年……"(结尾处索尼娅的独白)报偿被推向遥远的天国,那里有"镶着宝石的天空",人间的罪恶和痛苦将会消失,笼罩一切的是慈爱、安宁和永久的休憩。

然而李六乙导演改变了这个温柔的结尾。前台出现了一个水池,叶莲娜戏水、玩耍,重复索尼娅的台词,抒情独白突然被粗暴的琴声割裂,吉他被摔碎,饱含着热泪和安慰、闪闪发光的词句,中断了。沉闷的生活永无尽头,衰老和死亡终将到来,谁能看到镶着宝石的天空?

索尼娅在呼唤:"我们要休息!"但契诃夫的剧中人得

不到休息,他们辗转于困境之中,心怀梦想,然而梦想正如万尼亚的房间里那张"显然毫无用处"的非洲地图,既像嘲讽,又闪烁着奇特的诗意。剧中人把慰藉托付给心中的天国和他们见不到的未来,他们向往着,许多年以后的人们——也就是我们——将生活得更美好。一百多年过去了,今天又有谁能说,契诃夫展示的困境已被解决?

(《契诃夫戏剧全集》,焦菊隐、童道明等译,上海译文出版社2014年版;《万尼亚舅舅》,李六乙导演,北京人艺 2015 年 1 月)

(原载《读书》2015 年第 7 期,署名所思)

荒原狼的嚎叫

秋夜清澈，路面闪着微光，缩在影院里看《刺客聂隐娘》的时候，落了一些雨。北京金融街两旁的玻璃大厦沉默着，前行几步，都城隍庙的轮廓浮现出来，元代的遗迹，暗示着这条道路富贵的血统，经过了历史的没落后，又历史性地崛起。资本无声地汹涌，带给它整饬而静谧的夜晚。

"聂隐娘"，一部文艺片，一个素来没有票房的导演，投资九千万，票房六千万。如果不是这几年资本疯狂地涌入电影市场，数字中这么多个"0"，不可能。

聂隐娘的故事，并不难懂，电影的内涵，也不深奥。镜头很古典，很美，恰到好处地是我们理解范围内的"古典美"。我并不敢说，它不过是精致的俗套，那意味着，我背叛了自己文艺的一生。

然而我知道，那摇荡着树梢的风，和当年掠过《悲情城市》的风，已截然两样。昔日负载着历史与记忆的时空已不可见，仿佛从未存在，仿佛已遁入虚空。

有人说，迷恋《刺客聂隐娘》的，和5月份追捧波兰戏剧《伐木》的观众，是同一批人。这种说法难以证实，更像是出自经验的判断。克里斯蒂安·陆帕的《伐木》，我由衷叹服，又心生厌烦。如此矛盾的观感，平生倒也是头一遭。

《伐木》改编自伯恩哈德的小说，主线是一场漫长的晚宴。一群文人雅士聚会，悼念自杀的亡友，谈谈艺术，说说废话，展现着文艺圈的社交生态。副线指向自杀者，一个纯真的女演员，从热情走向幻灭。

这是无可挑剔的戏。出色的改编技巧，强烈的文学性，生动的角色，精妙的台词（就连废话都说得漂亮），还有讽刺性、批判性，样样俱全。表演很出色，一出谈不上情节的戏，演员的分寸感极佳，部分台词可能是即兴的，准确而克制地表现着无聊的状态。舞台也处理得优美而凝练，在玻璃房中表演的人们与台角的独白者，既是功能性的，拓展了舞台的维度；也是文学性的，形成心理与行为的对照。悬在布景上方的小屏幕播放黑白影像，用来展示死者的生活，或其他时空的对话，而舞台的主体，除回忆段落外，皆向三一律致敬。

你能对一出戏提出的要求，它几乎都实现了。它甚至超越了你的要求，因为它一手制造了观演关系，实际上现场观众也是这出戏的一部分。五小时的长度，意味着观演同步，观众看戏的时间，基本就是晚宴的始与终。我们欣赏着剧中人的无聊和空虚，不时打个哈欠，甚至睡一小觉，却也难免会想到，这出戏讽刺的就是我们这些雅文艺的追逐者，台上刻意表演的无聊挑衅着台下观看的无聊，于是思索与对抗油然而生，同时感到这出戏正在一步步计算我的无聊和疲惫、我的思索和对抗。它是如此精美，如此周全，还有什么是它算不到的呢？

在那个夜晚，我看到了剧场艺术的高峰，也看到了它的边界。就像《刺客聂隐娘》一样，它们精美绝伦，可供抒情，可供阐发，一旦洞幽烛微，其意蕴内涵，其精妙细腻，足令观者陶醉，令写手奋笔。

这是一个文化异常粗糙的年代，舞台上活跃的是庸俗闹剧，银幕上挣钱的是脑残大片，荧屏上流行的是各种开挂，网络上充斥着用污言秽语装点的个性，身处其中，理应对高雅和精致心怀敬意——然而我竟渐渐失掉了耐心。《刺客聂隐娘》和《伐木》这类作品的长镜头、慢节奏、非情节化，固然是对抗大众的消费逻辑，但它们依然在这个逻辑之内，只不过指向小众罢了。在本质上，它们静态、封闭、自足、自满，抽象的思索和批判，排除了真正的历史深度以及介入现实的能力。它们是"太艺术的"，反而失掉力量，在审美的旗帜下，成就了艺术的幻觉，或幻觉的艺术。

这是有教养的中产阶级所向往的精英文化。或许也是我们的时代，唯一可以期待的"高雅"。

> 中产者寻求在中庸和谐里生活。他永远不会自暴自弃，也不会彻底为某事献身，既不花天酒地，也不做苦行僧，他绝不会去做殉教者，也不会同意毁灭自己——相反，他的理想不是献身而是保持自我，他的目标既不是神圣的，也不是其反面，他不能容忍绝对的东西，他既想侍奉上帝，又想肆情纵欲，虽想德行高尚，却又想在地球上图点好处和舒服。

多年前，似懂非懂地读《荒原狼》的时候，"中产阶级"这个词还专属让人艳羡的西方，黑塞动人心魄的批判还显得遥远；而今，让哈立·哈勒迷恋的闪闪发光的打蜡地板、整洁鲜亮的绿植，已成为中国无数家庭的标配。

我们不假思索地接受了前辈的馈赠，在时代的变迁中，我们帮忙浇水施肥，目睹前辈播下的种子——开花结果。这果实却难以安心享用，因为一扭头忽然发现，"阶级"这个陈旧的词语，以新的姿态，浮出现实地表。

或许因为旧的阶级分析理论已经失效，或许因为我们没有继承发展它的愿望和能力，阶级的分化，更多是一种经验的感知，尚未形成理论共识。阶级既是明显的又是暧昧的，中产阶级尤其模糊不清，中产阶级文化，更是弹性很大，难以界定。而"小资"这种带有讽刺或自嘲意味的流行描述，更像是一种心照不宣的趣味，也使得究竟什么是中产阶级文化陷入概念的混乱。中国的中产阶级，更大程度上是物质主义的，还谈不上独立的文化性格，它与"小资"的差异，似乎更多地表现在消费能力上，两者的文化口味则有大面积的重合。

在两次世界大战的缝隙里，黑塞创作了一匹"荒原狼"。他厌恶民族主义、沙文主义的爱国喧嚣，但对一个即将彻底破碎的世界并无太多预感，他所诅咒的，主要是似乎将永世长存的理想秩序。

哈立·哈勒"有意识地蔑视中产阶级，为自己不属于中产阶级而骄傲。尽管如此，他生活的某些方面却完全是中产阶级式的"。他厌恶强权和剥削，但他银行有股票，吃利息即可生存，与权力机关和平相处；他自我放逐，四处流浪，但不会忘记在离开一个城市前付清所有的欠款；他内心充满了龇牙咧嘴的愿望，但又衣着得体，以礼待人；他起居饮食皆无规律，深夜跑到小酒馆去独酌，但总是选择安静、整洁、正派的住所；他富有教养，对东方神话很有研究，他的偶像是歌德，神明是莫扎特，难以忍受时髦的爵士乐、喧嚷的跳舞场……显然，这是一位中产阶级文化精英，他的精神痛苦来自"狼"与"人"的共生和对立，"狼"蔑视既有的平庸秩序，"人"则意味着"觉悟、教养和驯服，不仅允许甚至要求有一点精神"。黑塞就中产者的文化特性展开了一段杰出的分析：

> 中产阶级的生命力根本不在它的正常成员身上，而是存在于那些为数极为众多的怪癖人身上。由于中产阶级理想的模糊性和伸缩性，所以就把这些人都包括在该阶级之内了。在中产阶级内部向来就有大量强悍而野蛮

的分子。我们的荒原狼就是一个典型的例子。他，变成了一个远远超出中产阶级标准的个人……绝大多数知识分子、艺术工作者都属于这种类型。他们当中只有那些最坚强的人才能冲破中产阶级的土壤和气氛而达到宇宙空间去，其余所有的人都是消沉绝望或者实行妥协。蔑视中产阶级又属于中产阶级，为了能够生活下去最后还要肯定中产阶级，以此来加强和赞美中产阶级。

发表于1927年的《荒原狼》，对今天的中国，依然像一个预言，因为中国的"荒原狼"，身影还很模糊。"荒原狼"式的中产阶级叛徒的存在，意味着从它的内部产生了对抗，荒原狼带来恰到好处的刺激和创造力，可以避免文化上的平庸和怠惰，达成自我充实和自我更新，荒原狼是中产阶级文化真正成形的标志。

不过，黑塞富有穿透力的批判，在今天还是显得过于古典了。哈立·哈勒对爵士乐、跳舞场所代表的大众消费文化，先是不屑一顾，其后又在赫尔米娜（荒原狼的另一个自我）的引领下领略一番，这摩登的都市风光，只是他通向"生活"，理解另一个自我的途径，肉体的欢乐从未动摇他精神高地上的一草一木。"狼"与"人"的对立，固然带来撕裂的痛苦，但在分裂的背后，依然不难辨别出对人的整体性的信任和渴求。为了突破二元对立的自我，黑塞向东方哲学寻求救赎。"我们的荒原狼相信，他胸中装着两个灵魂（狼和人），并且因此而感到胸腔已经变得狭窄了。心胸、躯体总是那么一个，但居于其中的灵魂却不是两个或者五个，而是无数。"黑塞厌恶中产阶级意义上的被驯化的"暂时一致"的个人，也明白所谓狼与人的搏斗没有出路，但他所说的"无数"，却不是人碎片化的存在，恰恰相反，"你必须把你那两面性变得更加多面性，你的复杂性变得更加复杂。不是使你的世界更狭小，使你的灵魂更单纯，而是你将把越来越多的世界，最终将整个世界容纳在你痛苦地扩展了的心灵之中，为的是有一天能进入终结，得到安宁"。

　　荒原狼最终刺了赫尔米娜一刀，象征他清除顽固的自我，敞开心胸，探寻灵魂的多面性，感知世界的复杂性，迈向一种整体的"自我"和谐。黑塞从19世纪德国浪漫主义的传统中走来，步入分裂对抗的20世纪，在他的视野内，孤独的个人已经开始在大地上游荡和悲鸣，但对人作为一个整体的信仰之光却未曾完全泯灭。古典遗产尚可以标识人的精神高度，还未落入全球市场造就的消费主义狂潮中，成为一个个精神标签和助兴的谈资。黑塞不曾领略过，当人的完整性被彻底毁坏，在真正意义上成为碎片，当物欲名正言顺毫无愧色地主宰人的全部生活，当消费的洪流漫卷一切人类创造的文化，是怎样一种无所措手的绝望。此时，你的声音必然暗哑，因为一切呐喊都像一种时髦的姿态，一切抗议瞬间都会化作一种新型消费。这是物欲合围的"无物之阵"，这是"彷徨于无地"的虚无之地。

中产阶级文化，包括与它大面积交叉、在中国被命名为"小资"的那种东西，本质上是一种个人主义的文化。而个人主义，与资本主义的兴起、与自由主义的思想脉络密不可分。私有产权是中产阶级立身的基础，人从中世纪教权的控制中摆脱出来得以成为"个人"。

罗素在《西方哲学史》中对个人主义的变迁做过简要的梳理：发轫于英国、荷兰的自由主义维护宗教宽容，崇尚贸易和实业，"万分尊重财产权，特别若财产是所有者个人凭劳力积蓄下来的"，由此得到方兴未艾的中产阶级的支持。在这一历史过程中，个人主义进入了哲学思想层面。"笛卡尔的基本确实项'我思故我在'使认识的基础因人而异,因为对每个人来讲,出发点是他自己的存在,不是其他个人的存在,也不是社会的存在。"在罗素看来,早期自由主义在经济和知识领域是个人主义的,但在情感和伦理上却并非如此。而由卢梭开端,经由浪漫主义运动发展起来的另一脉络则走向自由主义的反面,并扩张到情感和道德领域,代表了个人主义的反叛力量和无政府倾向,"拜伦是这个运动的诗人,费希特、卡莱尔、尼采是它的哲学家"。浪漫主义运动把人从社会道德和社会习俗中解放出来,把审美的目光投向中世纪或遥远的异域,"浪漫主义者不追求和平与安静,但求有朝气而热情的个人生活。他们对工业主义毫无好感,因为它是丑恶的,因为苦心敛财这件事他们觉得与不朽人物是不相称的,因为近代经济组织的发展妨害了个人自由"。

总之,源于西方的个人主义有漫长的传统,在文艺领域对"个人""自我"的表述和追求,也有丰富而复杂的面貌,或者说,正是文学和艺术,最为鲜明有力地一步步创造了"现代个人"。黄梅的《推敲"自我"》一书,通过对18世纪英国小说的精彩分析,呈现了"现代个人"再造的过程及其引发的社会焦虑和调控方案。也就是说,所谓孤立的

"个人",实际上是通过与群体、社会的对话和交锋而一步步成形的。"在这个意义上,文学的确不仅是社会生活的产物或'反映',而且在形成个人主义的自我观、在建立新道德体系和社会交往模式等等的过程中发挥了极大的作用,从而成为为'现代自我'立言并对之进行'调控'的文化工具。"

中国的个人主义文化也有自身的历史脉络,如果以20世纪80年代为观察的起点,会发现它与鲁迅"独异的个人",与"五四"时期带有无政府色彩的反叛的个人有很大的不同。诚然,它涌动着反抗的激情,背后包含着残酷的历史经验以及与现实的对抗——即使它所针对的意识形态后来已成纸老虎,向其出拳依然保持着勇士的姿态和持久的痛感。同时,这种"个人主义"亦有其鲜明的历史目的,它并不那么"独异",而是与当代中国资本主义发轫期相一致,俯仰于80年代以来的潮流之中,为市场逻辑和私有化背书。在实践操作层面它肯定和张扬包括私有产权在内的种种个人权利,而在思想意识层面则树立起普遍、抽象的"人性",强调个人与集体、社会的对立,以及所谓"宏大叙事"对个体的压迫。一面求财产,一面讲自由,并将其视为人性的固有因素，这大约就是中国的中产阶级作为"经济人"和"文化人"的底色。

在这个历史过程中，我们的文学艺术非但没有承担起为日渐失范的社会锻造新价值观的使命，反而穿上了个人主义的紧身衣，一路奔向了肉体的狂欢或精神的窄化、虚无化。个人主义旗帜下的丰富维度，诸如个人与社会、历史的关联，个人的自我反思与调适，乃至尼采式的真正具有锐度和独创性的个人，一概欠奉。个体琐屑的悲欢成了创作的源泉和回应社会现实的单一途径，面对历史的方式也不过是去寻找那丝毫不具备历史感的普遍"人性"。个体的狭窄视野，人性论的陈词滥调，既不能进入历史开掘新的资源，也无法理解与整合日益复杂的社会生活。即便是孤注一掷的自我探索，也缺少应有的深度，掀起的不过是茶杯里的风波。而且，无论是与消费主义缔约，还是与体制谋和，那些独一无二的作为创作主体的"自我"，立刻面目模糊，千篇一律。

文学艺术一旦丧失思想能力，或停滞于固有的思维模式之中，必然失去与社会对话的能力和创新的活力。悲剧的是，思想能力不会从天而降，不以人的愿望为转移，而是在创作实践和社会对话中不断生成。当时移世易，当你试图直面这个剧变的社会，却可能已力不从心，余华的被讥为"新闻简报"的《第七天》就是个例子。横向比较，它也没那么糟，可是娴熟的叙事技巧、一般意义上的道德感和同情心，却不能拯救单薄光滑的文本。这并不是作家个人的失手，而是时代的症候，面对这个尖锐而暧昧的社会，文学和艺术普遍失语，总体而言反不及大众文化富有活力和弹性——如果我们对其中喧嚣的泡沫暂时忽略。

"去政治化"的过程，也是创造一种新政治的过程，一套更符合资本意志和市场逻辑的隐形的意识形态由此展开，实际上占据了主流。的确，在中国的现实中，市场成功地出演过文化反抗的角色，对抗僵化的意识形态和官僚体制，不过当市场站稳脚跟并不断扩大地盘，它就露出了自己的尖牙利齿。体制、资本、个人的博弈战，如合纵连横一般变化多端，上演着一幕幕活剧。在这个过程中，中产或小资文化逐渐成形。它轻易实现了与消费主义的无缝对接，一切都可以被估价和贩卖，并在消费逻辑中被不断地复制和改写，对"经典"的膜拜，对"独特"的追求，对"个性"的标榜，造就的不过是标价更高的商品。与此同时，受过系统教育、教养良好的中产阶级也提出了自己的文化要求，即与一般的大众文化和消费文化画出分割线,比如说更精致的创作,更圆熟的技术,更细腻的趣味,当然也"不仅允许甚至要求有一点精神"。

个人主义的膨胀终将指向个体的边界。无所依托的个人,锤炼着自己的孤独和梦想,打造了一副刻着自由花纹的枷锁。以个人主义为底色的资产阶级文化花样翻新探索了数百年,创造了无数杰作,攀上了孤峭的高峰,也终将到达自己的极限,原地踏步或一路下滑,而且无法应对时代变化带来的新挑战。这个被资本和战火摇荡的世界,正在一片片地碎裂,既有的主流文化,已不足以解释和弥合日渐扩大的裂隙,而新的文化方案,却又踪迹渺然。

"真正的'替代'方案或者新共同体,恐怕不会发端于虚构叙事,而只能酝酿、诞生于超越私有产权逻辑的曲折漫长、纷繁多样的创新社会实践。拥有东方文化基因并曾经过半殖民地民族解放烽火淬炼的中国人,是否能在人类建构未来新型共同体的历史进程中写下独特的一笔呢?"这是黄梅在《推敲"自我"》中意味深长的发问。她敏锐而含蓄地指出了中国独特的思想资源:丰厚的文化传统和民族解放运动——后者显然与20世纪的社会主义实践密不可分。与社会主义实践伴生的，是一种尚未完成的新型文艺实践，它虽然已被逐出历史，但还是留下了倔强的声音——卸下个人主义的精致枷锁，挣脱被消费的宿命，并非毫无可能。但无论如何，历史已翻到了新的页码，我们是否还有能力建立一种"新型共同体"呢？它将克服以往的悲剧，同时超越孤立的个人，把人与人连接在一起。在新的基础上，对个人主义文化的超克将得以展开。

但我疑心一切都是妄想。那个被我们亲手杀灭、据说必然导致集权和压迫的"宏大叙事"的幽灵，正冷冷地看着我们在自我地狱的稀薄空气里挣扎。"在我们这一辈子里，不可能发生什么看得见的变化。我们是死者。我们的唯一真正的生命在于将来。我们将是作为一抔黄土，几根枯骨参加将来的生活。但是这将来有多远，谁也不知道。"（乔治·奥威尔：《1984》）但愿是我陷入了悲观的泥潭，而新的创造，已经在"无穷的远方"，由"无数的人们"孕育着。"如果我们看不见它，抓不住它，那又有什么关系？别人能看到它的！"（契诃夫：《樱桃园》）

目力所及，是一个日益市场化、消费化，朝向中产阶级平庸的好世界迈进的社会。我相信，假以时日，中国大陆将来的文化景观中，会出现李安和侯孝贤这样的导演，爱丽丝·门罗和村上春树这样的作家，陆帕和彼得·布鲁克这样的戏剧人，今天我们膜拜的，未来我们终将拥有。那些雅致圆熟的艺术，包括令人叹赏的"中国传统文化"，将以审美的姿态，进入中产者的日常生活，标记他们的精神需求。

那时，荒原狼将开始嚎叫。

（《荒原狼》，[瑞士] 赫尔曼·海塞著，李世隆译，刘泽珪校，漓江出版社1986年版；《推敲"自我"》，黄梅著，三联书店2015年版）

（原载《读书》2016年第4期，署名所思）

《群魔》的诘问

重读陀思妥耶夫斯基的《群魔》,是在2014年冬天的"戏剧奥林匹克"展演期间。《群魔》是我最期待的剧目,所以先温习了小说,不幸最失望的也是这部戏。导演留比莫夫在演出前两个月辞世,没能带着戏来到北京,实在让人遗憾。然而他已不复苏联时期率领塔甘卡剧院的风采,《群魔》流水账般地讲述了小说的故事主线,改编和舞台呈现都很一般。或许,面对陀氏的浩瀚宇宙,唯有小说本身才能骄傲地宣称它是王者,而戏剧无能为力。而且,今天改编和上演《群魔》,如果不能真正和原著、和历史展开对话,仅仅是呈现一部"世界名著",那意义也就有限。

不过,瓦赫坦戈夫剧院的演员们还是很出色的。斯塔夫罗金一身黑衣,俊秀中带着一股戾气;年轻的韦尔霍文斯基活蹦乱跳,施展着巧舌如簧的艺术……我的思绪渐渐飘散,想起了一个消逝很久的名字——米哈伊尔·亚历山大罗维奇·巴枯宁,俄罗斯贵族阶层一个特殊的叛逆者,19世纪后半叶革命青年的偶像,最著名的无政府主义者之一,也是马克思在第一国际时期最强劲的对手。

《群魔》最初发表于1871—1872年的《俄国导报》，它取材于1869年轰动一时的"涅恰耶夫案"。小说中那个狂妄而卑鄙、毫无道德感的彼得·斯捷潘诺维奇·韦尔霍文斯基就是以涅恰耶夫为原型的。陀氏敏锐地从一桩杀人案中发掘出了政治因素和思想内涵，严厉地叩问自己的时代。

1869年3月初，二十二岁的激进分子涅恰耶夫越过国境，在日内瓦拜访了巴枯宁。他声称自己是一个俄国革命委员会的代表，刚刚从彼得保罗要塞逃出来，久居异乡的巴枯宁对这些编造的话深信不疑，对年轻人视若珍宝。5月12日，巴枯宁为涅恰耶夫签署了一份证件："世界革命同盟俄国支部委任代表。编号：2771"，还盖了"欧洲革命同盟"的印章。奇妙的是，这个秘密组织只存在于纸上，是巴枯宁按他一贯的风格擅自发明出来的。4月至8月间，两人在日内瓦发表了七本小册子，《致俄国青年书》《致大学、学院和工艺学院的学生书》有巴枯宁和涅恰耶夫各自的署名，《告俄国学生》被认为出自巴枯宁和赫尔岑的友人奥加辽夫之手，其余的究竟是谁写的则有争议。

革命者应该在一切方面,在任何时候都要鄙视和仇视现存的社会道德准则……革命者应当只有一个思想,一个目的——无情的破坏。在冷酷而不知疲倦地追求这个目标的过程中,革命者必须随时准备牺牲自己并亲手消灭所有企图阻碍这一目标实现的人。(《革命者教义》)

暴烈的《革命者教义》,直到20世纪60年代,才因在巴黎图书馆发现了巴枯宁致涅恰耶夫书信的副本,得以归到涅恰耶夫名下。但无论如何,小册子充斥着极端的恐怖主义的观点,应该为巴枯宁和涅恰耶夫所共享,只是实践的方式和程度有所不同。巴枯宁流着典型的俄国人的血,热情慷慨而不靠谱,他热衷于宣传、筹划、密谋、指挥,他诚然不惧流血,但他鼓吹的是农民暴动和城镇群众的自发起义,暗杀之类的主张严格来说不合他的胃口,这是他和涅恰耶夫,以及后来受到无政府主义哺育、以暗杀为手段的俄国民意党人的不同之处。

那年5月,赫尔岑来到日内瓦,生前最后一次与老友巴枯宁相聚,他一见涅恰耶夫便心生厌恶,不过还是在奥加辽夫和巴枯宁的极力要求下提供了一笔钱,来自此前俄国地主巴赫梅捷夫的八百英镑革命捐款，这笔经费由他和奥加辽夫签字共管，原则上他不能拒绝。

8月底，涅恰耶夫带着巴枯宁签署的证件和约合四百英镑的钱款回到俄国，巴枯宁巨大的革命威望成了他在青年中的通行证，他在莫斯科建立了反政府的秘密组织——几个"五人小组"及"人民惩治会"，其具体行动就是在11月谋杀了质疑他的权威、欲脱离组织的伊万诺夫。事发后组织成员大多被捕，涅恰耶夫则逃到瑞士，1870年1月在洛迦诺再次见到了巴枯宁。他劝说巴枯宁集中精力在俄国境内宣传革命，从而成功地让这位经济拮据的导师打消了把马克思的《资本论》译为俄文的念头。他还给这项出版计划的介绍人写了一封恐吓信，要求其不得向巴枯宁索要预支的三百卢布稿费。这封信后来成了马克思和巴枯宁斗争的利器——1872年第一国际的海牙代表大会，它被用来指控巴枯宁"欺诈"、使用"威胁手段"，是将他开除出第一国际的有力证据。不过，也有很多人认为，巴枯宁在这一事件中是无辜的，虽然他在经济问题上一贯的行事荒唐使他难辞其咎。

在俄国报刊上已经开始大量报道谋杀案细节的时候，巴枯宁还在为涅恰耶夫辩护，声称这是政治犯罪而非刑事犯罪,试图阻止他被沙俄政府引渡,不过1870年6、7月间两人还是闹翻了。巴枯宁写信给奥加辽夫倾诉遭到背叛的痛苦:"如果赫尔岑还在世,他会怎样嘲笑我们啊!他臭骂我们一顿也是完全正确的。现在还能做些什么呢?吞下这丸苦药吧,我们以后会更明智一些的。"

但"明智"与巴枯宁无缘,轻信才是他的本色,与人交往他不懂得设防。这一时期有个令人哭笑不得的插曲。沙俄的第三厅为搜捕逃亡的涅恰耶夫派出了一位能干的密探罗曼,他化名波斯特尼柯夫,扮演一位同情革命的退休上校,接近巴枯宁,毫不费力地取得了他的信任。奇妙的是,他没打听到逃犯的下落,却被巴枯宁的魅力征服了。密探先生一边对本职工作尽责,一边也禁不住应巴枯宁的要求借钱给他,替他给俄国的家人带信,直到1871年1月他被第三厅召回。当然,巴枯宁的家信是要先经第三厅审阅的,一位秘书在罗曼的报告上批注道:"这位老革命不会想到第三厅对他如此关照,还在他给弟弟们的信上贴了邮票。"

1871年6月至8月,沙俄政府公开审判涅恰耶夫案。一百五十二人被怀疑"串通密谋推翻国家现有的政体",八十五人被起诉,四人在审案前死去,一人在开庭后自杀,一人发疯，还有三人被保释。除了涅恰耶夫，多数被判无罪或者获刑相对较轻。1872年秋天，涅恰耶夫在苏黎世被捕，并引渡至俄国。巴枯宁再度致信奥加辽夫，他相信涅恰耶夫"将英雄般地死去，这一次绝不会在任何事上背叛任何人"。

涅恰耶夫被关押在彼得保罗要塞，他没有辜负巴枯宁最后的情义，非但不曾屈服，还神奇般地教育和策反了看守他的卫队，不过，逃跑计划因泄密而失败。他被囚禁了十年，1882年死去。而在此前的1876年，信仰个人绝对自由、鼓吹破坏、敌视国家及一切自上而下的组织方式的巴枯宁，在瑞士去世。

涅恰耶夫案是巴枯宁革命生涯中洗不掉的污点，他的轻率糊涂足以让人质疑他的政治品格。今天的我们，恐怕很难理解，为什么巴枯宁这样一个人，会拥有那样强大的感召力，为什么他和他激进得不切实际的理想，吸引了千千万万青年舍生忘我，为什么在第一国际的路线斗争中，他获得了那么多的支持和同情。

历史所展露的激情，比小说更加骇人。

《群魔》没有直接提及巴枯宁，只是用讽刺的笔调捎带

了一笔"国际":

> 当一切都已成为过去,我们这里就有人说,彼得·斯捷潘诺维奇是由国际操纵的……

"国际",即国际工人协会,又称第一国际。陀思妥耶夫斯基并不相信谋杀背后是"国际"的暗影,在这句话的上下文中,他要批判的是俄罗斯浑浑噩噩的市民和高官显贵,"莫名其妙地几乎永远听命于一小撮抱有明确目的的所谓'先进分子'的驱使",当惨剧发生,"国际"就成了他们为自己的颠顶愚蠢开脱的借口,"现在一切都归因于国际"。但是,《群魔》真的与"国际"、与巴枯宁毫无关联吗?

陀思妥耶夫斯基从1867年8月到次年5月,一直住在日内瓦,这是他国外生活中的一站,他的第二任妻子安娜在此生产,女婴也在此夭折。在日内瓦期间,他不止一次与巴枯宁和奥加辽夫会面,他还参加过"和平与自由同盟"第一次代表大会,聆听了巴枯宁等人的发言。同年9月,他在致友人的信中说:

我一生中不仅没有看到和听到这类混乱的事，而且从未设想过人们居然会做出这等蠢事。全都是愚蠢的：无论是集会还是问题的提出和解决。当然，我早就毫不怀疑，他们的第一句话便是斗争……

1868年，陀思妥耶夫斯基在日内瓦街头与赫尔岑不期而遇，两人"谈了十分钟，语气充满敌意，带着讥讽，但又彬彬有礼，然后便分手了"。时移世易，他曾经赞赏的赫尔岑、早已故去的别林斯基，这些最优秀的自由派对他而言都是"祖国自觉的敌人"，是"反动分子"，他感叹道："他们是多么落后，无知到了何等地步……"（1868年4月2日，致阿·尼·迈科夫信）

1868年夏天，巴枯宁成为第一国际的会员，开始谋求与国际的联合。是年9月，和平与自由同盟第二次代表大会召开，巴枯宁发言拥护无产阶级的事业和国际的原则。他和追随者们告别了带有资产阶级色彩的和平与自由同盟，建立起"国际社会主义民主同盟"，并试图在保持组织独立性的前提下加入国际。他的提议遭到了马克思和第一国际总委员会的拒绝。 1869年6月，同盟正式宣布自己不再是独立组织，成为国际的日内瓦支部。随后,巴枯宁和马克思之间的观点分歧、路线斗争日益尖锐,以 1872 年 9 月召开的海牙代表大会为标志,马克思主义者和巴枯宁主义者彻底决裂,这也意味着第一国际事实上的终结。

这就是《群魔》诞生的"国际"背景。陀思妥耶夫斯基创作时参考了审判涅恰耶夫案的报道,他对第一国际曲折的斗争未必知晓,对巴枯宁的思想也未见得了如指掌,但他必定了解涅恰耶夫和巴枯宁的关系,而且他对巴枯宁、赫尔岑、奥加辽夫、别林斯基、屠格涅夫、格拉诺夫斯基这些"40 年代人"是熟悉的。他是这一代知识精英的叛逃者,其实在某种程度上巴枯宁也是,不过他们反叛的方向截然相反,陀思妥耶夫斯基走向东正教和神圣的俄罗斯,巴枯宁走向无神论、激进革命和无政府主义,他的名言是"破坏的激情就是创造的激情"。

《群魔》中不少人物都有原型。除了小韦尔霍文斯基之于涅恰耶夫,老韦尔霍文斯基的原型是莫斯科大学的历史教授格拉诺夫斯基,作家卡尔马津诺夫的原型是屠格涅夫。也许是其心中的厌憎和焦虑过于强烈,陀氏有时控制不住他的笔，塑造小韦尔霍文斯基这类"新人"、卡尔马津诺夫这样的"40年代人"，越出了小说艺术的界限，走向了不必要的刻毒和丑化。不过，老韦尔霍文斯基，这个过时的自由主义遗老，却是《群魔》中公认的写得最好的人物——如果从艺术而非思想的角度而论，或许比迷人又骇人的斯塔夫罗金写得更好。

老韦尔霍文斯基，本性善良，富于教养，可才智有限，软弱糊涂，夸夸其谈。他托庇于女地主的恩养，以忧国忧民的仁人志士自诩，热衷于幻想自己受到当局的监视和迫害。不过，陀氏的笔并未止步于讽刺，老韦尔霍文斯基成为贯穿全书的关键人物，经过与下一代的冲突，与恩主的纠葛，他以放弃一切出走作为最后的反抗，途中遇到一位卖《圣经》的女子，也见到了他从未接触过的底层农民，他病倒了，请卖《圣经》的女人给他念至少三十年没有碰过的福音书——这个关键段落，呼应着《群魔》开篇引用《路加福音》的题记，那则关于魔鬼从病人身上出来，进入猪里面的寓言：

> 所有这些魔鬼，所有这些污泥浊水，所有这些沉渣泛起、浮到表面上来的、开始腐烂发臭的卑鄙龌龊一定会走出来……主动要求进入猪里去。而且已经进去了也说不

定!这就是我们,我们和他们,还有彼得鲁沙(即其子小韦尔霍文斯基)……而且我也许还是头一个,是始作俑者,于是我们这些精神失常和发狂的人,就会从山崖跳入大海,统统淹死,这就是我们的下场,因为我们的结局也只能是这样。但是病人将会痊愈,"坐到耶稣的脚前"……

这是老韦尔霍文斯基的临终忏悔,他从祖国面前"谴责的化身"变成了祖国的罪人。这是陀氏对曾与自己交往密切,后来分道扬镳的一代精英的诅咒,同时也是他的期盼和幻想中的宽恕。

老韦尔霍文斯基是凶手彼得的生父,也是"绝顶聪明的毒蛇"斯塔夫罗金的启蒙老师。这并非偶然,原型格拉诺夫斯基的著作对少年涅恰耶夫产生过重要影响,而巴枯宁则是他成年后的导师和伙伴。通过原型的指涉和小说人物关系的设定,陀思妥耶夫斯基勾勒了19世纪最为关键的两代俄国知识分子("40年代人"和"60年代人",或被概括为贵族知识分子和平民知识分子)的精神谱系,他对这两代人都断然否定,并指证了他们在思想上的血脉关系——40年代知识分子是"始作俑者",堕落的虚无主义杀手正是软弱的自由主义者的苗裔。

陀氏在描绘韦尔霍文斯基父子的时候,心中可曾闪动着巴枯宁的影子?毕竟写这部小说距他们在日内瓦见面为时不久。巴枯宁的特别之处在于,他犹如陀氏笔下这对父子的合体,他是"40年代人"中过于激进的"60年代人",也是"60年代人"中不够冷酷强硬的"40年代人"。他长于言辞也勇于行动,性情散漫又有支配欲,轻率糊涂又矢志不渝,他不羁的金钱观念和生活做派带着旧贵族的习气,他的无政府思想和全面暴动主张却开启了新时代的闸门。他是时代的弄潮儿,是形象复杂的职业革命家,你可以指责他的个性弱点,却不能无视他对理想的忠诚奉献。

在革命者的问题上,陀氏放弃了他塑造人物的一贯的复杂性,他有目的地挑选了最为极端的小韦尔霍文斯基(涅恰耶夫)作为代表,塑造了一个权欲熏心的狂人、暴徒和无赖。而小韦尔霍文斯基的团伙成员,也多是一些智力有限、受他控制的人。不清楚陀氏的写作多大程度上受到涅恰耶夫案报道的影响,根据"人民惩治会"成员卢宁(他在涅恰耶夫案中被判"知情不报")的回忆,"办案人员都在想方设法竭力淡化涅恰耶夫密谋活动的意义和影响,竭力贬低涉案人员的智商水平和道德水准……尤其是法庭辩护，竭力说服我们要保持低调，要把自己说成是过于轻信而上了贼船，也就是说，要竭力把自己打扮成容易上当受骗之人……"。

如果新一代革命者以及受到新时代氛围感染的人，不过是受制于一个狂徒的傻瓜，那么，人在历史中的能动性就被抹杀。当然，老陀要塑造的不是案件的真实，而是他心目中的心理真实和历史真实——小韦尔霍文斯基则正是一代"新人"的代表。

1862年，屠格涅夫的《父与子》发表；同年，车尔尼雪夫斯基在彼得保罗要塞的牢房里完成了《怎么办？》。他们开创性地塑造了两个"新人"典型——巴扎洛夫和拉赫美托夫，比《群魔》的诞生早十年。这十年，既是老陀结束流放返回圣彼得堡完成思想转变的时期，也是俄国社会走向激进的时期，对革命的信仰催生着行动。陀氏在《群魔》中讥讽地将《怎么办？》称为"教义问答"，用自己创造的"新人"小韦尔霍文斯基否定拉赫美托夫和巴扎洛夫，顽强地批判和对抗时代的激流，这是贯穿他后半生的主题。巴扎洛夫如手术刀一般冰冷而精确，拉赫美托夫饱经磨炼毅力超人心思缜密，而陀氏的"新人"不再具有任何正面因素，只是一个跳来跳去、戴着小丑面具的恶魔,而那些被他附体的人,不过是终将掉下山崖的猪群。

《群魔》是回应时代思潮、批判激进革命的杰作,它给出了一种历史理解方式——革命不是出于可靠的知识、深邃的思想和真正的信仰,而是个别狂徒为权欲和激情所驱使、不顾后果的发明,它具有蛊惑人心的强大力量,裹挟着盲目的人们跳下悬崖,用暴力和血污制造了一幕幕历史的悲剧。

当时代的浪潮退去,革命的旗帜被委弃,陀氏的思想就披上了预言家的光芒,并拥有大量继承者——虽然大多只是举着"自由""个人权利"之类的空泛招牌。必须承认,《群魔》的诘问直截了当,是我们认识革命和历史的过程中需要面对的一个起点。要想理解巴枯宁、涅恰耶夫这般"不道德"的革命者,要想避免革命史被简单化和污名化,就要正视陀氏的诘问,成为他合格的对话者。这不是为了洗净历史的血污,也不是要为革命披上浪漫的光彩,而是为了让历史不被当代的喧嚣埋葬,获得它应有的尊严和归宿。

(《群魔》,[俄]陀思妥耶夫斯基著,臧仲伦译,译林出版社
2002年版)

2016年9月18日初稿,2018年4月10日改定

彼岸的召唤

汤姆·斯托帕的《乌托邦彼岸》三部曲,是我读过的最具野心的当代剧作。它以赫尔岑、巴枯宁、别林斯基、奥加辽夫、斯坦克维奇、屠格涅夫等19世纪俄罗斯"西欧派"知识分子为核心,铺展开一幅宏阔的画卷,包括马克思在内的众多历史人物纷纷登场。时间上从1833年跨到1868年,覆盖了这批"40年代人"的黄金岁月。全剧约九小时,七十多个角色,2002年8月首演于伦敦国家剧院,2006年11月在纽约林肯中心举行美国首演,皆是一时之盛,好评如潮。不过,当它2007年10月在莫斯科登台,则是另一番光景,一些俄罗斯批评家认为斯托帕把俄罗斯精英写成了小市民,蓄意丑化他们的私生活,甚至说应该把这部剧作扔进"污水坑"。

斯托帕1937年生于捷克,犹太人,童年遭逢战乱,几经辗转,九岁时移居英国。他是当今最出色的剧作家之一,他的戏有浓厚的知识分子气息,善于采用历史的或经典文本的背景,思想的深浅见仁见智,技艺的精湛却令人佩服。他显然对俄国革命人物很感兴趣,他的另一代表作《戏谑》把列宁搬上了舞台。经验主义的、审慎而明智的英国人和本质主义的、狂放而感性的俄国人在革命问题上发生的碰撞,是思想文化领域最有趣的现象之一。

《乌托邦彼岸》分为《航行》《失事》《获救》三部,每部都是相对独立的两幕剧,又彼此相连,一气贯通。角色的生平已经提供了足够的戏剧性,从社会生活到个人情感都波澜起伏,难度在于材料的取舍、理解和艺术的呈现。斯托帕研读过相关文献,主要情节、人物关系、角色的思想主张乃至某些台词都有依据。他声称自己写的是喜剧,对主人公们的个性和私生活的表现,想必会令很多观众觉得有趣(比如别林斯基被塑造成一个性格敏感自尊、行事笨拙局促的神经质角色)。一场场戏的时空有些跳跃零碎,但有内在的思路贯穿。全剧基本是现实的场景,偶尔渗入象征符号,比如一只带着神秘恐怖色彩的"黄猫",寓意"历史的辩证精神"、吞噬自己孩子的"莫洛赫神"。斯托帕善于将富有生活风味的台词和思想性、辩难性的对话交织在一起,群戏尤其写得精巧细腻,技艺高超。

在《乌托邦彼岸》中,斯托帕恪守自由主义的传统,选择赫尔岑作为思想代言人,赋予他华丽而聪明的长篇台词,其对立面则是巴枯宁,披着一层浮躁跳跃的色彩。巴枯宁在不同场次中的戏份，有重有轻，但他贯穿全剧，和赫尔岑一起支撑起这栋庄严的历史大厦。这不禁让人想起斯托帕的前辈以赛亚·伯林，将赫尔岑与巴枯宁作为"俄国思想家"的对立面加以阐发，正是伯林的创造。

在伯林看来，赫尔岑与巴枯宁的出身、教养、主张有相近之处，"一致以个体自由的理想为思想与行动中心，都奉献此生，反抗社会与政治、公众与私人、明揭与暗藏的各种压迫"，但更重要的是他们本质的差异：赫尔岑慎思明辨，是具有原创性的思想家，是"一切体系、一切压制自由之说的死敌"，而巴枯宁是一只邪门的"俄国熊"，思想浅薄"绝无独创"，逞口舌之利，"道德上漠不关心，思想上漫不负责"，满怀抽象的人类爱，对个人命运却无动于衷，不惜为社会实验流血漂杵（《赫尔岑与巴枯宁论个人自由》）。

伯林的著作影响巨大，他消解了苏联在历史叙述中赋予赫尔岑的革命色彩，将其转化为自由主义的代言人，他的阐发明显是斯托帕创作的思想基础，《乌托邦彼岸》不妨视为伯林名作《俄国思想家》的艺术化版本。事实上，《乌托邦彼岸》在纽约上演之时，节目单上印有推荐书目，排在第一位的正是该书。

赫尔岑比巴枯宁大两岁，他们性格迥异，争论不断，分歧日深，走过了一条颠簸不平、充满矛盾的友谊之路。面对质疑巴枯宁的友人，赫尔岑说过一句奇妙的话："真理对我来说是母亲，而巴枯宁对我来说总还是巴枯宁。"

巴枯宁一生尊敬和热爱赫尔岑，佩服他的才华，"我心悦诚服地认为你能力比我强，知识比我多"，但以他热情的天性和行动的本能，经常对赫尔岑的谨慎恐怕会感到不耐烦，也不会服膺他的怀疑主义。怀疑主义者想得全面、看得深透，但往往会被历史的洪流抛到河岸上，当浪潮退尽之后，他们会被视作独立不移、抵挡毁灭性巨浪的坚强堤岸，思想如黄金般闪耀着永恒的光芒（正如伯林推崇赫尔岑一样），仿佛他们早已预见到一切，而不是也曾在激流中进退失据、辗转难安。巴枯宁天性要做一个弄潮儿，认定了就行动，失败了从头再来。他很清楚自己与赫尔岑的分歧所在，也意识到怀疑主义的时代局限，他对老友的评价不失公允：

> 赫尔岑已在全欧洲人面前庄严地代表并将继续代表俄国革命事业，但是，在国内政策方面，他是个根深蒂固的怀疑主义者。他对国内政策的影响不仅没有鼓舞作

用，反而有削弱作用。他首先是一个天才的作家，他把自己职业的优点和怪癖结合在一起。如果有朝一日俄国实现了自由，或者开始实现自由，他无疑将是一位得力的记者，或者是演说家，政治家，甚至是一位行政官员，但是他绝对不具有一个革命领袖应当具备的素质。

赫尔岑在去世前一年写下一组《致老友书》，是给巴枯宁的，常被视为两人"决裂"的标志。的确，在这四封书信中，他与巴枯宁的论战在继续，也充满了他的怀疑论和对暴力的批判，因此备受伯林这一脉的自由主义者重视。然而他说，"我们都未改变我们的信仰，但对问题的认识不同"。他们在对方的面孔中寻找自己的形象，确认自己的思想，这是一种远比简单的赞同更为深刻的精神联系。赫尔岑一生中对巴枯宁所抱的态度是复杂的（一定比巴枯宁看待他要复杂），想必有过很多轻视、厌烦、气恼、愤恨的时刻，但他很清楚，巴枯宁是敢于想象和创造历史，并全身心投入其中的无畏之人，拥有一种"英雄的性格"。

《往事与随想》中有一章《巴枯宁和波兰问题》，赫尔岑用他的生花妙笔勾勒了巴枯宁的性情和19世纪60年代波兰革命的始末，他们的分歧，他的不满显而易见，然而谈及老友的为人，赫尔岑的笔端却带有一种深长的情意，更有他人所不及的理解：

> 巴枯宁有许多弱点。但是他的弱点是次要的，他的强大品质却是主要的。不论给命运丢到哪里，立刻能抓住环境中两三个特点，发现革命的潜流何在，马上对它进行引导，为它开拓道路，使它成为人人关心的问题，难道这不是一个伟大的优点吗？

巴枯宁还有一种罕见的本事，就是他真正超越了自己出身的贵族阶层，或者说是"有教养阶层"，他能够极为自然地和一切人特别是底层劳动者相处。伯林指责巴枯宁只有抽象的爱憎，对个体的自由、权利和命运却漠不关心，有一种"道地的非人性质"，这种看法也无非出于自由主义逻辑之内的人性论以及对"暴力"的抽象判断，并不能解释巴枯宁一生中广泛的交友和树敌行为。他的个性的确令神志健全之人气恼，但无疑也具有强大的魅力，赫尔岑说：

他的身上有一种孩子似的单纯气质，他对人从无恶意，这赋予了他一种不同寻常的魅力，吸引了强者和弱者，只有冥顽不灵的小市民才会对他无动于衷。

最理解巴枯宁的人，可能恰恰是最反对他的赫尔岑。

《乌托邦彼岸》无意系统地展示赫尔岑和巴枯宁的思想历程，它的场次和人物虽然繁杂，但核心意思并不复杂，其实就是伯林式的自由主义：否定历史目的之存在，批判宏大的思想体系或社会制度对个人权利的压制和侵犯，反对暴力革命，唱诵个人自由。在全剧的结尾，终于图穷匕见，马克思走入赫尔岑的梦境：

辛辛苦苦工作的几代大众必须为了最终的胜利而牺牲。到这时，历史目的的统一性和合一性终于清晰了……几百万人被中断的生命和并不伟大的死亡将被理解是一个更高等级的现实、一种更优越的道德的一部分，想要阻挡它是没有理性的。我能看到涅瓦河被火光照亮，河水变红，从喀琅施塔得到涅瓦大街阳光明媚的海滨，到处是挂着尸体的大树。

这是斯托帕,大概也是许多自由主义者对马克思乃至黑格尔开启的道路最常见、最通俗的理解。于是《乌托邦彼岸》最终落到了对革命暴力的批判,斯托帕亮出了底牌——那就是赫尔岑针对马克思这段话为全剧所做的总结陈词:

历史没有目的!没有剧本。历史每一刻敲响上千扇门,看门人就是机会。开辟我们的道路需要智慧及勇气,我们的道路又塑造我们,除了艺术和个人幸福的夏日闪电,没有别的安慰可以指望……但是如果没有什么是确定的,一切就都有可能,就是这一点,给了我们人类尊严。

继续,明白天堂的岸上无处登陆,然而还是要继续。让人们睁开眼睛,而不是抠出他们的眼珠。在他们身上唤起善的方面……虚无主义者在破坏者身上像帽徽一样——他们以为他们之所以破坏,是因为他们是激进者。然而他们破坏,是因为他们是心怀失望的保守派——那个古老的梦想让他们失望了,那就是存在一个什么都有可能的理想社会的梦想,那里没有冲突。可是不存在这种地方,因此它被称作乌托邦。直到我们停止为达此目标一路杀戮,我们才能成长为人类。我们的意义并不依靠于我们超越我们现有的不完美现实。在我们这个时代，我们怎样生活就是我们的意义，别无其他。

这段台词的核心意思乃至某些词句，皆出于赫尔岑的《彼岸之声》（或译为《彼岸书》《来自彼岸》）。他将1848年革命前后撰写的几篇文章编辑成书，先后出版过德文版和俄文版。其中1855年的俄文版是赫尔岑题献给长子亚历山大的，斯托帕在《获救》中还特意写了一段戏，表现赫尔岑在新年夜把这本书赠给儿子。

《彼岸之声》集中体现了赫尔岑在1848年革命失败后遭受的"精神悲剧"，语调激切，文采斐然，抒情气息浓郁。伯林最为爱重此书，称之为赫尔岑的"信仰告白"和"政治证言"，他在关于赫尔岑的文章中大段引述《暴风雨之前》的词句，来论述个人自由的保全是赫尔岑思想的精要。历史没有剧本，未来并不确定，为了遥远且不可捉摸的乌托邦牺牲自由，煽动暴力，鼓吹殉难，是活人献祭，是最为深重的现代灾祸之一。

《彼岸之声》弥漫着怀疑论的调子，但它有非常具体的背景和指向，那就是1848年法国"二月革命"的失败和6月的血腥镇压,赫尔岑在巴黎亲身见证了法兰西第二共和国最后的街头保卫战,从此资产阶级民主对他而言永远染着无产者的鲜血。他痛苦得濒于崩溃,丧失了一直以来对欧洲自由的信念。"处决信仰并不如想象的那样容易""如果说革命像萨图恩那样吞食自己的孩子,那么,否定就像尼禄,要杀死自己的母亲,以便与过去决裂"。赫尔岑决意跨入新的世界,"人必须审判一切的时候到了:共和、法律、代表制,关于公民及其同他人、国家关系的一切解释都必须被审判。要处决的会很多,那些让我们备感亲切、珍视的东西都要被牺牲——牺牲那些可憎之物还有什么奇怪的呢?"(《暴风雨之后》)。赫尔岑所说的历史没有剧本,没有既定路线,首先是对自己过去所信仰的欧洲道路的否定,"街市依旧太平"的巴黎令他心丧如死。"我用它(即《来自彼岸》的文章)来摧毁自己身上的最后偶像,我会以冷嘲热讽进行报复,报复其造成的痛苦和欺骗。我并非嘲弄别人,而是讥笑自己,并重又入迷地幻想自己成了自由人,但即刻又跌了个筋斗。"(《往事与随想》)

赫尔岑的确有自由主义色彩,他也不赞成流血激变,但如果抹掉具体的时代背景来讨论他的思想,抽象为他的终极要义,我们又该怎样理解《彼岸之声》中另外一些词句呢?

在疯狂、报复、纷争和复仇的狂潮中,这个束缚新人、阻碍新生活、阻碍未来得以确立的世界终将毁灭——这太好了,因此让我们高呼:

混乱和破坏万岁!

死亡万岁!

并愿那未来的旗帜高高升起!(《暴风雨之后》)

对赫尔岑而言,历史不是用黑格尔主义写定的剧本,而是西绪弗斯推石上山的反复过程,1848年革命失败后,"世界历史的第三卷"便翻开了:

这卷历史的基调我们现在就可以领会到。这将是社会主义思想的时代。社会主义将发展出自己的各个阶段,直到最极端的后果,乃至荒谬之境。那时又会有抗议的吼叫从少数革命巨人的胸膛里喷薄而出,于是又会开始殊死的搏斗。而在这场斗争中,社会主义会处于如今保守派的地位,并将被未来不为我们所知的革命所战胜。

永恒的生命游戏,像死亡一样无情,像降生一样不可抗拒,历史潮涨潮落,恰如钟摆,永无休止!(《1849

年闭幕词》)

赫尔岑所说的"社会主义",是以俄国村社制度为基础的。著名的"西欧派"赫尔岑,在1848年的悲剧之后开始盼望俄国能够绕过"毫无结果"的欧洲资本主义道路。由此,未来将交付给"不为我们所知的革命"(村社社会主义后来对民粹派有巨大影响),但这不意味着行动没有目的,通向未来不需要革命,"历史的潮涨潮落"恰恰体现为"殊死的搏斗"。赫尔岑站在此岸奋笔疾书,却无时无刻不在眺望彼岸,他意识到自己将成为"旁观者"的命运(《何以解忧》),他将自己视为"连接起两个世界的最后环节":

> 现代人,可悲的献身者,只是在搭设浮桥。强大的陌生人,未来的他者将通过这座桥梁……或许,你能看见他……那时你就会跟随他过去。因为宁可在革命中毁灭,也比在反动势力的收容所中苟活强。
>
> 革命的宗教,伟大的社会重塑的宗教——这是我遗赠予你的唯一宗教。此教不信奉复活,不信奉报应,只信奉自身的良知。(《致我的儿子亚历山大》)

其实,赫尔岑一生不懈的政治实践,如果按照伯林的理论来划分,未尝不可以归入有专制之虞的"积极自由"之列吧。无论如何,赫尔岑的思想是复杂而矛盾的,伯林式的自由主义者和战斗的革命者可以各取所需。1912年,列宁写下《纪念赫尔岑》一文:

> 1848年以后,赫尔岑的精神崩溃,他的十足的怀疑论和悲观论,是社会主义运动中的资产阶级幻想的破产。赫尔岑的精神悲剧,是资产阶级民主派的革命性已在消亡(在欧洲)、而社会主义无产阶级的革命性尚未成熟这样一个具有世界历史意义的时代的产物和反映……在赫尔岑那里,怀疑论是从"超阶级的"资产阶级民主主义幻想到无产阶级严峻的、不屈不挠的、无往不克的阶级斗争的转化形式。

列宁将赫尔岑视为历史进程中的过渡人物,由此,赫尔岑被整合进俄苏社会主义革命的历史,上承十二月党人,下启民粹派,是推翻沙皇统治,实现无产阶级专政的预备阶段。伯林则成功地将赫尔岑从革命序列中抽离,将他塑造成个人自由的使徒,独立不移的思想家,憎恶暴力的君子,既有文明的守护者。苏东社会主义阵营的解体进一步巩固了这样的赫尔岑形象。

革命固然有其目的和指导思想,然而革命从来就不是抽象地展开的,而是依存于具体的实践,没有"主义"的人和只懂得"主义"的人,都会遭到失败。历史没有剧本,因为它不是由某个天才在书房里撰写的,它由千百万人共同执笔,各种力量碰撞角逐,被时与势的变化所选择。暴力从来都有它实实在在的产床,而且总是与命名的艺术相关,历史在各式各样的暴力中滚过了几千年,而我们亲眼目睹了被指称为"革命暴力"的成为其中最坏的一种。

《俄国思想家》收录的文章写于"二战"后,从40年代到70年代,跨越了大半个冷战年代。伯林的传记作者伊格纳提夫说:"伯林全部的学术生涯都可以说是一种对苏联政治实验和俄国革命后果的清算。"著名的"两种自由"学说,其渊源、创见以及粗糙暧昧之处,在学院内部自会得到辨析(如查尔斯·泰勒的《消极自由有什么错》等等),但在大众层面上,则容易演变为"消极自由"维护个人权利、

"积极自由"导向专制集权的简单结论。伯林的学识、出众的演说才能、与媒体的紧密合作,甚至他的个人经历(比如他与阿赫玛托娃"传奇"般的会面),都促进了"两种自由"的传播,堪称冷战时代极有成效的学说。伯林与赫尔岑、巴枯宁等历史人物的对话,采取的是一种非历史的方式,指向的不是历史而是价值判断。据说,伯林具有理解包容与己相异的思想和气质的"移情"能力,而俄国革命显然不在其列,因为那是"一元论"之恶的集中体现。他所尊奉的多元主义,在实际效果上形成了一元的排他形态,就好比他坚信"狐狸"才是正确的,到头来显得更像一只"刺猬"。如果观察20世纪90年代以来伯林思想在中国的广泛传播,这种态势更为明显。随着社会主义革命的退潮和苏联的解体,伯林的学说对于理解中国的历史和现实也起了很大作用,尤其是在媒体和公众领域,流于简化,易于使用和传播,形成了一套"正确无疑"、近乎"信仰"的自由主义观念。

伯林是一位特别幸运的学者。他的影响远远超出了学院的藩篱,他见证了革命风暴的起落,亲历了不同意识形态的力量消涨,目睹了苏东阵营的解体,他一生的学说有了落脚之处。在最后的岁月里,他虽然不至于认为"历史终结了",但也抱有一种乐观态度,他似乎相信自己深爱的俄罗斯民族特别是俄罗斯"知识阶层"迎来了曙光。"俄罗斯是一个伟大的民族,他们拥有无穷的创造力,一旦他们获得自由,说不准他们会给世界带来什么样的惊喜呢。出现一种新的专制主义并非没有可能,但目前我还看不到有任何迹象。邪恶终将被战胜,奴役正在走向灭亡,人类有理由为这一切感到自豪。"(《不死的俄国知识阶层》,1990年)

伯林1997年去世。无政府主义的黑旗再次飘扬,"共产主义的幽灵"再度徘徊,俄罗斯与西方进入新一轮"冷战",这些都是他身后之事,他无须面对,而我们需要探索。如今,伯林的经验和学说,已经不足以支撑我们有效地讨论"自由""专制""革命""暴力"等问题了。19世纪并未远去,20世纪拷问人心,一切都在21世纪螺旋式上升为新的谜局。

(《乌托邦彼岸》,[英]汤姆·斯托帕著,孙仲旭译,南海出版公司2006年版)

2016年9月18日初稿, 2018年4月10日改定

四十仍"惑"

我手中存留的最早的一本《读书》，是1989年第11期，手绘的简洁封面，刊名棱角锋锐，是手写的美术字。这是我看到的第一本《读书》吗？有可能。

那年我还是个中学生。一天放学后，去同学家玩，沿着中毛家湾胡同灰色的高墙，拐进一个院落，同学指着旁边一栋楼说，苏晓康住这儿。当时，我已经心潮澎湃地读过他那几部轰动的报告文学，然而我并不懂得，少年时这笔激进而懵懂的颜色，连同它背后的那个时代，行将落幕。

同学家的书很多，相比之下我的书柜可怜之极。她递给我一册《读书》，翻阅之时，纸张干燥的香气弥散开来，不知是真实的记忆，还是记忆的幻觉。何兆武、舒芜、张中行、王蒙、冯亦代、董鼎山……一个个名字，有的听说过，有的很陌生，他们的文章里有一个全新的世界，文雅、遥远、还有点神秘。中学时代看过的若干册《读书》，都是从同学手里借的，记得我们时常谈起杂志中提到的"书人书事"，在树荫下的双杠上，在操场旁的看台上，等待着暮色一点一点覆盖了校园。

我开始按照《读书》提供的线索买书,《在语词的密林里》《昨天的事情》《红楼启示录》《锯齿啮痕录》《二十世纪西方文论述评》《书海夜航》《西谛书话》《书人书事》《译余偶拾》《诗论》……最早的购书清单里,"读书文丛"和其他三联版图书占了很大部分,多半是书市打折,满载而归。

回想起来,《读书》不仅提升了阅读的眼界和口味,恐怕还在文字和写作上拯救了我。中学时,台湾散文一度流行,不仅是三毛席慕蓉,还有余光中《听听那冷雨》之类带有现代派色彩的美文,我被那样的"美"俘虏了,非常羡慕我们的班长,他落笔就是一串华丽连绵的长句。然而,我遇到了《读书》,遇到了孙犁,一本杂志和一个人,把我从"美文"的深坑里拽了出来。

大学时代,《读书》遇到就看,不曾刻意寻找。不过按照《读书》买书的习惯却保留下来了,像《顾随文集》、钱基博的《现代中国文学史》等当年并不热门的书,如今能站在我的书柜里,都是因为《读书》的教育。真正开始一本一本看《读书》,是90年代后期的事了,熟悉的名字逐渐隐遁,新的一批作者登场,这人所共知的变化并未在我心中引起什么波澜,可能是因为我关心的东西已经变了,学生时代的惬意光阴封存于记忆,从此受惠于《读书》的,是求知和思考的乐趣,是与社会伴行的紧张感受。被很多人诟病的"看不懂",也不曾令我困扰,因为人文领域的文章实在没什么看不懂的,它们的视野和水平明显比一般报刊要高;至于经济法律等陌生的社科领域,我倾向于通过阅读来学习,实在不感兴趣就跳过不读,而不是用"看不懂"来宣判。

那些年,我一般在地铁上看《读书》,如果去外地,行李里也总是有一本《读书》。直到近两年,外出旅行才带上一部 kindle 了事,而《读书》作为地铁刊物的崇高地位维持不变。它的大小、轻重、手感都恰到好处,常常是读完一两篇文章,到站下车,浑然忘却四周的吵闹和车身的轰鸣——当然,看得入神坐过站也是难免的。

2004 年,我成了《读书》的作者。为纪念契诃夫逝世一百周年,国家话剧院以"永远的契诃夫"为主题,举办了国际戏剧季,著名的以色列卡梅尔剧院的《安魂曲》就是那年第一次来到中国的。中外戏剧人理解和呈现契诃夫的巨大落差让我十分感慨又充满疑惑,于是埋头重读契诃夫的剧本和小说、斯坦尼斯拉夫斯基和丹钦科的著作,写下了《天边外的契诃夫》。这是我第一篇比较长的、带有研究性质的文章，完稿后交给了当时的《读书》编辑孟晖，心情自然是有点"战战兢兢"。结果，文章居然在当年第12期发出来了，被纳入有关契诃夫的专题。这对一个无名作者是怎样的鼓励，那也不用说了。

作为一个媒体人，写稿是家常便饭。无论本职工作还是同行约稿，无论题目是否感兴趣，都是坐下敲字，按时交稿。唯有给《读书》的文章，是"三不写"——没有问题不写，没有感觉不写，没有大量的阅读不写。迄今为止在《读书》发的七篇文章都是如此。有些东西，今天回头看，想法已经变了，或者觉得当年失之简单，但它们仍是我读写生活的珍贵记录，包含着我想要对这个时代的文化发出的微小声音。

《读书》编辑部每逢年底都要办一个作者会，三联书店装修之前，都是在二楼的雕刻时光咖啡馆。每次我都觉得自己是占便宜去"蹭会"的，不是作为作者，而是作为一个报纸编辑。《读书》的聚会是结识新作者的最佳时机，《读书》的作者就是我的理想作者。很感谢《读书》的编辑们非但没有把我踢出去，而且屡屡助我得逞。记得在副刊做历史版的时候，一开始我就决定，国外部分，要以非西方的历史文化为主，特别是伊斯兰文化——这个思路其实也来自《读书》多年的潜移默化——但是作者去哪里找呢？我想起了《读书》发过的一篇文章《神秘面纱后面的真实》，文中谈及的《一千零一夜》的文学地位等问题，在阿拉伯世界显然是基本常识，而在中文世界却是一个有待澄清的错误。作者对于以西方视角看待阿拉伯世界的不以为然，给我留下了很深的印象。《读书》的编辑给了我作者的邮件地址，于是我给时在埃及、至今不曾谋面的林丰民先生写了一封信，他转而推荐了研究波斯-伊朗文化的穆宏燕老师。历史版上由穆老师撰写的"波斯札记"专栏（后结集成书），是我的编辑生涯里最感荣幸的一笔。

这都是十多年前的事了。一切都在变化，窗外看得见的风景，以及看不到的更广袤的世界，回望之下几乎都有老照片的感觉了。《读书》集中讨论过的重大问题，诸如三农危机、国企改革、医疗改革、生态危机、发展问题、全球化、亚洲问题、恐怖主义、民族主义，当然还有新左派与新自由主义等等，十余年来有的得到缓解，有的愈发尖锐，有的接近共识，有的不便言说……不同的声音消涨起落，新的问题也在不断涌现，无论学术界还是大众媒体，都有一批新人登场，借助新媒体和自媒体的舞台，打造着一个愈发众声喧哗而又彼此隔绝的时代。这事实上意味着，《读书》要想继续成为公共讨论的空间，面临着更大的困难和挑战，需要更多的智慧和勇气。

《读书》今年四十岁了。从 1978 到 2018，几代人足迹深深，时代的轨迹清晰可辨。都说"四十不惑"，但我希望《读书》能一直"惑"下去。没有疑惑，就没有问题；没有问题，就没有动力；没有动力，就没有探索，没有进入我们时代的眼光和能力。而一旦"不惑"，《读书》就有可能变成"智识者"的休闲刊物——这个世界的休闲方式已经很多了，多到与这个紧张的时代并不相称。

无论如何，《读书》几乎仍是唯一能把学术界的声音传递给普通受教育阶层的纸刊，是年轻学子重视和向往的平台，自身传统的优势，作者资源的优势，无出其右者。愿《读书》强其体魄，壮其精神——四十岁，正当盛年。

2018 年 7 月

历史学家为什么忘记了"人"?

今年是著名历史学家邓广铭先生一百一十周年诞辰,三联书店再版了《陈龙川传》《岳飞传》《北宋政治改革家王安石》《辛弃疾传·辛稼轩年谱》《韩世忠年谱》,即通称的"四传二谱"。邓广铭先生是宋史大家,成果丰富,而他最为人熟知的著作,莫过于"四传二谱"。

由司马迁开创的史传传统,绵延千载,原本是中国历史研究的"正宗"。然而回头一望,近几十年,能够进入大众视野的历史人物传记越来越少,取而代之的是二月河、唐浩明等人的历史人物小说,为历史人物作传的历史学家更是凤毛麟角,"四传二谱"不知不觉间成了历史书写的遗迹。人物传记,是大众理解历史的最佳入口,历史学家为什么放弃了这块园地呢?

带着这些问题,《青阅读》记者采访了邓广铭先生之女、北大历史学系教授邓小南,并约请历史学家李开元先生撰写回忆文章。邓广铭先生的"谱传史学",是一份需要被重新激活的遗产。

"史学家似乎觉得写传记不是我们的事了"

20世纪30年代中期,邓广铭先生在北大读书,民族危亡之际,他的内心与历史上的忠烈之士有着强烈的共鸣,同时受到罗曼·罗兰的《贝多芬传》等西方传记文学的影响,他发愿融合文史,为英雄立传。在胡适先生的指导下,他完成了《陈龙川传》,由此开启"谱传史学"之路。

这条道路在当代的"中断",史学家很少涉足人物传记以及叙事型作品,和时代的变化、学术追求的变化有关,也和学科分工和学术评价体系有关。

"我父亲那一代史家有比较突出的个性色彩,棱角鲜明,民族情结、人文情怀也非常突出。不像我们都是在一个训练背景里被磨得方方正正,大家研究的题目虽不一样,可是多数人的风格很接近。"邓小南教授告诉《青阅读》记者,"那一辈人的性格是时代塑就的,背负着近代以来列强的压迫、日本的侵略,这和我们在和平年代长大非常不一样,做研究选择题目和行文风格都会不同。像我父亲研究岳飞、辛弃疾,他和研究对象是一样地壮怀激烈,如果看从没修改过的《陈龙川传》和1945年出版的《岳飞》,这个特点尤其明显；而我们会觉得要和研究对象拉开距离，客观、公正、冷静，是我们写作时的关键词。"

邓广铭先生为历史上杰出人物立传，有一个重要原因是胡适先生当年开设的传记文学习作课，他在课堂上走入谱传的门径，受到很大的鼓励。胡适讲这门课，一方面是训练学生科学地分析和处理史料，一方面也体现了融合文史的倾向。但是在当代学科体系之下，文和史截然分家了。

"我们多半会认为，传记写作以中文系出身的学者见长，现在写传记的学者也多半是有文学史背景的，他们也强调以史料为基础，我们之间的距离不算太远。"邓小南教授说，"但是现在一些面向大众的传记，越走越远，基本上把握不到它里面的历史脉络和历史积淀的深厚性，就是一个人物故事而已，它和史学传统下传记的内涵已经很不同了。"

"学科分开，史学家似乎觉得写传记不是我们的事了。"邓小南说，"现在提倡'双一流'，一流大学、一流学科，历史学就得打造历史学的东西，而不是把精力放在跨学科、交叉学科上。而传记写作是交叉跨界的，要求文史兼通。"

邓小南回忆起1978年读大一的时候，张广达教授曾经说，如果写论文选不出题目，不妨写一个人物，因为写人物脉络清楚，对于本科生而言比较好把握。而现在她自己的学生，很少有人以历史人物为题，写单一人物的，仅有一篇本科生论文。"学生会觉得人物研究老套，题目一看就没有创新。现在提倡创新，但往往是题目翻新、说法翻新，而不是实质内容新。大家好像都被催着往前跑，没工夫停下来认真看看研究是否有实质的突破。而且真正的创新对研究者要求很高，像人物研究，这片园地往往是别人翻耕过的，下功夫深耕细作才有可能出新，所以你想谁愿意选这种题目呢？"

主观愿望欠缺，研究难度巨大，评价体系的压力，使得历史学视野下的人物研究成了被废弃的土地，遑论进一步的人物传记写作。成名学者虽然考评压力较小，选题自由度增大，但既有的研究路数已经养成，也很难转向。种种原因错综纠葛，传记作为一种极受读者喜爱的体裁，从历史学家的视野中遁去了，市面上的历史人物传记越来越像历史小说，乃至历史戏说。

历史研究和历史写作已经分离了

人物传记，其实只是叙事型历史写作的一种，所谓"叙事",简单地说大约就是讲故事,讲人的故事或者某个时期的故事,和它相对的,是那种论文式的写作。如果我们把视野扩大一些,其实,不仅是历史人物传记凋零了,叙事型的历史写作也基本被我们的历史学家放弃了。读者对这类作品的强烈需求,要么由当年明月(《明朝那些事儿》)、孙皓晖(《大秦帝国》)等民间作者、作家来填补,要么由"甲骨文"系列等引进的国外作品来承担。

中国的历史学家,为什么不再讲故事呢?

周一良先生在邓广铭先生去世后,就"四传二谱"说过一句值得琢磨的话,他说邓先生"不但研究历史,而且写历史"。

言下之意或许是,当代的历史研究和历史写作已经分离了。

在邓广铭先生的著作里,两者是统一的。诚如"四传二谱"的编辑孙晓林所说,邓先生从人入手,观照人所处的整个时代,而且往往是宋史上的关键时代。他的考索功力,在书中得到了充分体现。"邓先生讲过,研究历史有四把钥匙:职官制度、历史地理、年代学、目录学。他写'四传二谱',这些就像盐溶入水。"

邓小南教授说，在中国传统史学里，研究历史和写历史是分不开的，像司马迁、欧阳修、司马光，他们的研究和书写是一回事，历史叙述建立在个人或群体研究的基础之上。"现在的确有两分的倾向。史学近代化以来，日益要求专业性、精密性、客观性、科学性。郭沫若、范文澜那一代历史学大家，虽然受到新的论述框架限制，但大体还是接续了'写历史'的路数。而现在，'研究历史'是学者面向某个专题，用论文做阐释；'写历史'则意味着叙述性的、更可读的写作，可以面向不同层次的读者。"

对此，邓小南教授觉得史学界应该反思。"现在催得太紧跑得太快，实际上有些东西是需要定一定神，停下来回头看一看，究竟有什么是我们应该继承的，有什么是需要扬弃的。我们缺乏整体的关照和思考。"她进一步介绍说，"其实，海外史学界这几十年转而强调叙述式的写作，要讲好一个故事，一个好故事或一组好故事可以成为学界承认的标志性的研究成果。但在我们心中，还是会认为叙述是比较低层次的，而研究是高层次的、真正学术性的。"

邓小南觉得，现在历史研究有自身的学科规范，不可能完全延续中国传统史学的路数，但是那种文史相通的思维，让传记重新成为历史学和其他学科特别是和文学交叉融汇的园地,通过这个园地衔接大众,是应该去做的事。"关键是我们要意识到这个必要性。如果有内在动力,又有一些资源的支持和鼓励,把这份动力激活,调整不是特别难的一件事。有些东西只要有人肯持续去做,出现了有影响力的成果,就会逐渐做起来,吸引更多的人一起参与。"

对于当前一些畅销的"历史读物",邓小南是有疑虑的,觉得它们大多缺乏历史视野,是"站在今人立场上,应和时下趣味的戏说"。她表示,"历史学还是需要阵地的。历史学归根结底是要让全民,让整个社会变得具备人文情怀和基本素养,从而和我们的文化传统更紧密地结合在一起。历史学需要传递,不光是在大学课堂上、学者著述里,还是应该用雅俗共赏的方式,面向大众传播一些真正有学术含量的内容"。

(发表于《北京青年报·青阅读》B1版,2017年7月21日,

署名尚晓岚)

当我们谈论丁玲的时候，
我们是在谈论理想

《青阅读》记者联系上《丁玲传》的作者李向东、王增如夫妇的时候，他们正在奔赴乌苏里江畔的饶河农场的路途中，那是他们 1968 年下乡插队的地方。像丁玲一样，他们也对"北大荒"怀有深情，王增如成为丁玲生前最后一任秘书，正是缘于丁玲 1981 年回到曾经下放十二年的北大荒"探亲"，她被临时调过去接待著名作家。她陪了丁玲、陈明夫妇半个月，去了丁玲曾经待过的普阳农场、汤原农场和宝泉岭农场等地，之后再无联系。她没有想到，丁玲会指名调她回北京做秘书。1982 年 5 月 10 日，王增如正式到木樨地丁玲的寓所上班。渐渐地，他们夫妇走上了丁玲研究的道路，本世纪以来，先后出版了《无奈的涅槃——丁玲最后的日子》《丁玲年谱长编》《丁陈反党集团冤案始末》《丁玲办〈中国〉》，直到不久前由大百科全书出版社出版、备受好评的《丁玲传》。

离京之前的7月11日,李向东和王增如去看望陈明,他已年近百岁,卧床五年,时而清醒时而糊涂。老人目不转睛地看着《丁玲传》的封面和书中的照片,神情激动,眼角渐渐流出泪水。

丁玲已辞世近三十年,没有忘记她的不仅是亲人。8月20日至22日,第二届丁玲研究青年论坛将在宝泉岭农场召开。李向东和王增如在赴饶河之前,参加了论坛的筹备工作。他们到达目的地后,就《丁玲传》接受了《青阅读》记者的书面采访。

新材料的发现和取舍

《丁玲传》于2010年年底动笔,写了三年。为保证叙述和语言风格的统一,由李向东执笔,而对事件人物的分析,对结构的把握等,则是夫妇俩一起商量。

这部传记首先为人称道的是大量新材料的使用,在书中,它们通常被标记为"据录音记录稿""据原信""据复印件""未刊稿"。丁玲晚年的谈话录音是珍贵的一手资料,从未公开,两位作者把能找到的录音都整理了,有很多新东西。比如书中使用的丁玲1980年春天的一段录音,详细描述了她初到陕北的状况。还有一段丁玲1983年12月19日跟骆宾基的谈话录音,涉及她与冯雪峰的感情。另一个重要的新材料来源是友人写给丁玲的大量书信,其中最珍贵的是冯雪峰1946年7月致丁玲的信,署笔名"诚之"。这封信是王增如发现的。2008年前后,巴金书信流入文物市场引起了陈明的警惕,他想把一大批写给丁玲的信用粉碎机处理掉,因为他没时间整理,也怕里面有隐私。幸好这个念头没有成为现实,后来王增如夫妇帮忙整理了这批信件,它们也成为《丁玲传》的有力支撑。

不过,传记材料总是面临取舍,这考验着作者的功力和定力。"写《丁玲传》确实有一些材料没有使用,例如书信中涉及对第三者的意见和看法,例如写信人对自己内心深处某种情感的诉说等等,这些东西如果写出来,肯定会引起猎奇者的兴趣,肯定很好看,但这是写给最信任最亲近的朋友看的,写信人肯定不愿公之于众。"李向东向《青阅读》记者申明了材料取舍的几个原则:"坚持言之有据,坚持不猎奇、不炒作的严肃态度,坚持保护书信者的隐私。"此外,"还有一些材料,我们觉得虽然比较重要,但与传记不够贴切,这些我们将增补到《丁玲年谱长编》的修订版中,大百科全书出版社已经决定出版"。

由于做过《丁玲年谱长编》以及多年的研究,两位作者对涉及丁玲的史料可以说了如指掌,但他们觉得"堆材料"是不行的,必须从"记录"走向"思索",要理解丁玲。为此,他们有目的地仔细阅读了丁玲的全部作品,一是按照她写作的时间顺序读,二是要弄清她写每部作品、每篇讲话时身处的时代大环境和个人心态的小环境。"这样就有了新的理解,新的发现,读出了更多的言外之意、弦外之音。有些看似普普通通的话,其实里面包含了丁玲的情绪和立场。"李向东说。

站稳立场,平情而论

《丁玲传》另一个醒目之处是它被学者们普遍赞许的"平实"。传记作者常犯的毛病,是站在传主的立场上看问题,或赞美,或辩护。李向东、王增如与丁玲有比较密切的关系,写作中的"立场"必然要经受考验。

对此,李向东说他们得益于清华大学解志熙教授的"指导"。他举了一个例子,丁玲初上前线,因为是编外人员,会被忘记安排食宿,"最初我们觉得这是不尊重知识分子,但解老师说,当时部队行军打仗,忽然来了个作家,还是女的,又不会打仗,这不是给部队添麻烦吗?谁知道作家是干什么的?我们觉得解老师的分析很有道理,站在红军的立场的确如此。类似的例子还有一些。站在高于传主的立场,才能更客观地看问题"。

说到"平情而论",更不易处理的是丁玲一生中的"恩怨"(典型的如她和周扬、沈从文),历来不乏研究者由此入手理解问题,区别只是站在哪一方。李向东不否认这些恩怨里有个人意气用事的成分,"但如果仅仅停留在这个层面,就把问题简单化了,把恩怨的双方简单化了,也把他们看低了。我们想探究双方当事人'为什么会这样',他们内在的心理逻辑是什么。这就要考察他们彼时彼地的处境和心态,为此我们做了一些分析和挖掘"。确实,书中这类设身处地的分析比比皆是,其实在两位作者看来,没完没了地计较恩怨没多大意思,做研究应该有更广阔的视角,"但是今天的读者仍然非常热衷于这些恩怨,所以必须给予合理的解释"。

硬气的老太太

王增如与丁玲有过较多的日常接触，在她的印象中，丁玲是个"很大气""很有魅力"的老太太，爱聊天，不计较，没有金钱观念。王增如说她一上班就被分配了两项工作，一是处理来信，一是每月替丁玲领工资并支付家中各项开支，"她手中从来不拿钱"。王增如还记得，1985年丁玲请一位青年发明家来做客，听说他经常省下伙食费买资料，立刻让她给对方两百元买营养品（丁玲每月工资三百四十一元）。

王增如从丁玲那里听了不少故事。陪她去马路对面的燕京饭店理发，陪她去复兴医院，一路走一路聊。"这时候，丁玲就像一位会讲故事的慈祥老奶奶，用带点湖南味的普通话娓娓道来，我听得津津有味。但有时她也会莫名其妙地发脾气，有一次我忍不住问她为什么发脾气，她说：我文章写不出，思路总不顺！"

王增如见证了丁玲的80年代。复归的丁玲起初风光无限，随后就因"清除精神污染""反对资产阶级自由化"，以及一些文艺问题上的立场，站在了主流思潮对面。"她在80

年代被说成'左',遭受的攻击几乎是所有作家中最猛烈的,连一些熟人都对她避之唯恐不及。"那时王增如很为她担忧。《丁玲传》里写了一个细节,第四次作代会在京西宾馆召开,作协理事会选举,丁玲的得票数大幅下降,有人幸灾乐祸。王增如搀着丁玲往外走,心情沉重,丁玲却非常平静,说:"眼睛不要光盯着京西宾馆的红地毯,世界大得很呢,现在这点小事算什么,比起五七年(1957)不是好多了吗……"

"丁老当时一点也不害怕,也不气愤,也不沮丧,那种大气,那种胸怀,至今想起来我都非常叹服。"王增如说,"久经沧海难为水啊。我从没见她灰心丧气过,她喜欢养的一种花就叫'死不了'。1984年10月她筹办《中国》杂志遇到很多困难,有人形容是'骑虎难下',她在武汉大学的万人大会上讲演时宣布:那我就'骑虎不下了'!"

丁玲的魅力

1986年3月4日,丁玲病逝,王增如陪伴她到最后时刻。一个多月前的农历除夕,丁玲对前来探病的家人说:

"你们大家高兴吧，我肯定能成佛。"

记者不能确定，与20世纪革命相始终的丁玲留下的这句话到底有何含义，但"涅槃"二字或许正可以献给这位历尽光荣与磨难的女性。如今，一部厚重的《丁玲传》又把理解丁玲和20世纪的新视野放在了我们面前。

李向东说："丁玲在文学与革命两个领域，始终走在时代的前面。虽然几起几落，但始终不改初衷，'飞蛾扑火，非死不止'，瞿秋白这句话真是有远见，丁玲还没有登上文坛，他就预见到她的一生。我们觉得这八个字是对丁玲最形象、最准确的概括。追求理想，至死不渝，这就是丁玲的魅力所在。今天的年轻人失去了对于丁玲的兴趣，其中十分重要的一点，是他们失去了理想，失去了对于理想的追求。所以在今天，了解丁玲，理解丁玲，讨论丁玲，我们觉得是非常有意义的一件事。"

访谈：
只有 20 世纪才有丁玲这样精彩绝伦的生命

（受访人：贺桂梅，北京大学中文系教师。主要研究中国当代文学、思想与文化）

《丁玲传》前所未有地清晰，而且写活了丁玲

《青阅读》：请您对《丁玲传》略作评价。与之前其他版本的传记相比，它有何新意？

贺桂梅：李向东、王增如夫妇的《丁玲传》称得上史料最全、最有深度。把丁玲生平许多暧昧不清的地方搞清楚了，是这部传记最重要的一个功德，在我看来它具有迄今所有传记包括我们的研究都没有达到的清晰。而且它是这么深入丁玲的内心，读完就觉得丁玲好像站在你面前一样。

新史料是这部传记最有价值的部分。还有就是作者全面地反复地阅读了丁玲的作品，体会很深刻。这部传记的一个特点就是用丁玲的生平来阐释丁玲的作品。

《青阅读》：所谓"知人论世"，从人物生平去解释作品不是一种很常见、很古老的研究方式吗？

贺桂梅：但是"知人论世"，一个是要写作者有阅历，有见解，能够读懂。这和写作者的能力有很大关系。李向东和王增如是很有见识的人，脑子里的偏见和框架很少。另一个是要把人之常情带进去，我觉得他们能够细腻地体认丁玲和其他人的关系，这个一般的传记作者很难做到。

他们是想要从丁玲自己的逻辑里面来解释丁玲。他们并没有假装说我比丁玲高，我要来评价。一件事情发生了，他们用各种材料来解释丁玲为什么要这样做。这就是所谓"同情的理解"吧。所以丁玲自己的逻辑，她的思维方式、情感趋向能够表现出来，这也是传记写活了她的一个原因。作者真是非常理解丁玲的性格，还用一些文学性的细节把她展示出来了，所以书的可读性也挺强的。我是因为这本传记而重新理解丁玲。我觉得那些老人，像贺敬之说写得"像丁玲"，应该不是一句虚话。

不过，我一方面赞赏他们从人来论作品，但也觉得有些地方是受到了局限。比如书中解释延安时期丁玲的创作，就过度地贴了丁玲的经历。完全用丁玲的经历是解释不了某些作品的，那些比较虚构的、文学想象的部分，可能就涉入得不够深。

丁玲意味着另外一种文学

《青阅读》：20世纪的中国女作家，现在经常被提起、被阅读的是张爱玲和萧红。您认为丁玲的作品对于普通读者依然有阅读价值吗？您怎样看待她在文学上的成就？

贺桂梅：如果纯粹作为文学家，只以作品而论，真的应该说丁玲是比不上萧红和张爱玲的，因为她好多作品其实没有完成，而且她不断地在变。但丁玲仅仅是个文学家吗？我认为丁玲这个人，她所带动的历史大于她的文学。

另外，我们现在读张爱玲、萧红觉得很顺，这与她们的作品和时代疏离的品质是连在一起的，就是说文学纯粹是一种个人式的观察思考，它背后是一个挺中产阶级的主体。但是丁玲不同。这还得分开说。她早期的《梦珂》《莎菲女士日记》，我觉得是一种现代主义的极致，她把人的情感表达得惊世骇俗，在当时是一种非常摩登的姿态。当丁玲向左转之后，特别是到了延安后，她在文学和实践，或者说是关起门来写作还是做革命工作之间做出了选择。

丁玲不仅是作家，同时是革命者，后来还是共产党高官。这使她和仅仅作为作家的萧红、张爱玲是有差别的。而丁玲对待文学的这个状态其实是更"20世纪"的。20世纪知识分子一直紧密纠缠着一个问题，要文学还是要革命？要文学还是要政治？现在这个结已经解开了，你天天坐家里写也没人管你，但那个时代你坐在家里写，内心是要不安的。所以要理解丁玲的独特性，她是一个参与性、实践性很强的文学家。

1931年的《水》是丁玲"向左转"的标志，小说写一场大水灾，写难民。夏志清就嘲笑说，这里面没有一个人物的面目是清楚的，只听到A怎么说，B怎么说。但丁玲等左翼作家不是在表现自我，而是在探索如何写他人的生活，这个"他人"是弱者，是底层，是工农，是劳动者。

到了延安时期，丁玲写得最好的，是能把她个人的情调趣味和他人的底层的生活结合起来的作品，最好的是《我在霞村的时候》。丁玲还写过《夜》，写共产党的男性干部，用意识流来写他一晚上的生活，他的性意识——那时候别人绝不会写这个。

丁玲一直想把她个人的很强的情调趣味，她习惯的写法，和她要表达的工农大众做一个衔接。总之，怎样看待丁玲作品的阅读价值，背后还是涉及你怎么理解20世纪。丁玲意味着另外一种文学，是参与性的，同时她身上又有那些现代主义的品质，有她的个性。她的作品是一种"大文学"。

丁玲为什么被遗忘？

《青阅读》：张爱玲、萧红现在已成"传奇"，成了"民国奇女子"，相比而言，丁玲较少被讲述。在您看来，丁玲在多大程度上被大众和知识界遗忘了？为什么会被遗忘？

贺桂梅："张爱玲热"由来已久，90年代就开始；萧红热起来可能是最近几年，和电影《黄金时代》有关，不过要论作品的普及，丁玲还是比不上。

丁玲为什么被遗忘？背后主要是80年代开端、到90年代发展到极致的"重写文学史"思潮，要告别革命。这也是把左翼作家排除出去，发现左翼之外的作家的一个过程。张爱玲、萧红是革命外面的人，当然就被喜欢了。而丁玲的问题在于，她和革命纠缠不清，在革命里面，又在革命外面。

丁玲被遗忘，其实也有一个过程。80年代一开始热的是丁玲这样的作家，认为她是革命体制里的异端，重视她延安时期的作品。到80年代后期，张爱玲热兴起，告别革命退得更彻底，从找异端走到了到革命体制外面去找，找到的就是张爱玲、萧红等等。而张爱玲更是后冷战时代的象征，她的热是从港台、美国汉学界开始，是从大陆之外热到里面来的。等到了90年代，在大众社会里就把丁玲和革命一块扔掉了。那么丁玲的被遗忘，就是一种社会心态，一种时代情感或者说价值认同的象征吧。

不过，在现代文学研究领域，丁玲还是比较受关注的，不是最热的，但一直持续着，即便被冷落，还是有人在研究。因为就算你讨厌革命，她身上女性的层面还是可以带进很多批判性的东西的。在文学史的评价上，丁玲通常被定位于革命体制内部的异类，而不怎么重视她和革命共生的、统一的关系。

《青阅读》：其实要说人生的传奇性，丁玲比起张爱玲、萧红有过之而无不及，但在大众文化里面，丁玲并没有获得她们那样的影响力。

贺桂梅：张爱玲热，《黄金时代》热，背后其实是民国热。不仅是大众文化，也包括学术界，涉及历史、意识形态等等。张爱玲和萧红是民国时尚文化的象征。人们关心张爱玲日常生活的情调和趣味，一些很中产阶级的东西。人们关心萧红，一方面是她作为革命之外的"纯文学"作家的象征，另一方面是关心她的男女纠葛。

其实丁玲在民国时期的名声丝毫不下于她们俩，甚至更火。1934年，最流行的时尚杂志《良友》选出"十大标准女性"，丁玲因她的"文学天才"而排在第一位。但复杂的地方是，丁玲不仅在民国风光，她在延安也风光，50年代也风光过，之后她成了"右派""反党分子"，然后新时期她又回来了，成了"老左派"。

丁玲的身份是多重的，特别是她的后半生，跟共产党中国紧密地纠缠在一起。而且，她不仅是作为受害者——要是像沈从文那样就比较好描述，而丁玲是作为共产党的高级干部，深深地参与到国家建构的过程中。总之，丁玲太复杂，不是一张面孔可以说清楚的。你要是夸她民国范儿，那你怎么说那个健硕的新中国的高级官员呢？怎么说那个80年代的"老左派"呢？

丁玲的女性立场是最彻底的

《青阅读》：于是网络上最常见的，就变成了丁玲的婚恋故事，对她和领导人关系的猜测等等。请您谈谈作为女性的丁玲。她显然有鲜明的女性立场。

贺桂梅：丁玲在文学创作上最大的突破，或者说她不同于张爱玲、萧红的地方，就是她的女性立场。她毫不隐讳，不管她爱什么人，不管是男的还是女的，都是一样地爱。在所有的现代作家里，丁玲写女性之间细腻敏感而又微妙复杂的关系，是写得最好的，而且也是最大胆的——但我觉得不能简单地说是同性恋。她在性别立场上的彻底，萧红和张爱玲都达不到。

《青阅读》:丁玲很强势、很女权吗?

贺桂梅:丁玲的女性立场,不是西方式的女性主义,也不是官方的妇女解放。到底是什么呢?我只能说是丁玲特色的女性主体。丁玲的性别立场有很强烈的主体性,她从来不把自己放在一个弱势的位置。我们总是替萧红惋惜,她身上的悲观气质和女性弱者的宿命意识是深入骨髓的。但这样的东西在丁玲身上一点都没有,她非常健朗,是一个明朗干净的主体。她没有弱女子的意识和矫情。

塑造丁玲基本的性别态度的,是无政府主义。她很早就接触到共产主义,但直到1932年才入党。当时,中国知识青年中很重要的思潮是无政府主义,宣扬每个人都是独立的个体,没有什么男女差别,要打破家庭,打破政党,打破国家,自己来承担自己的生活。无政府主义的婚姻观、性别观很内在地塑造了丁玲。她是一个绝对独立的个人,不要依附任何东西。丁玲和胡也频同居之初,没有性生活,那就是无政府主义青年的生活方式。

丁玲后来也有婚姻家庭,但是她绝没有回到男强女弱、男尊女卑的婚姻关系里,她在家庭里绝对是主导者。她没有弱女子的姿态,这和无政府主义有关,你也可以叫它"五四"的气质。丁玲代表着"五四"时期最最激进的姿态,贯彻到她的性格、她对婚姻的态度,她主宰自己的生活。

丁玲是"革命信念的化身"

《青阅读》:您在为《丁玲传》写的书评里提到1979年发表的《杜晚香》,丁玲写了一个模范共产党员,这在那个"伤痕文学"风行的年代十分特别。您认为丁玲通过《杜晚香》超越了"受难史"的逻辑,最终完成了一个革命者的形象,她是"革命信念的化身"。但是,丁玲对革命的忠诚是否也使她缺乏对历史的反思能力?

贺桂梅:如果我们仅仅从生命哲学的层面来解释,很多年轻时极端激进的人,到了中年或晚年,会回到某种"新古典"。那时更需要的是实践,是承受生活的压力,是通过承受压力来完成自己。杜晚香能用行动来改变周围的世界,而莎菲就是纠缠在颓废的心理状态中。丁玲从早年的"莎菲"走到晚年的"杜晚香",从这个意义上说,是一个完成。

我很重视《杜晚香》，原来普遍认为它是一个宣传作品，但我觉得不是。小说里有意识地写到，杜晚香做报告，不肯用别人给她草拟的稿子，她要说自己的话。这个情节是有象征性的，丁玲是要说，我不是体制的传声筒，我是用我的方式来表达我的生命。当然这只有在今天拉开距离后才看得清。

我觉得革命对于丁玲真的是一种信念式的东西。她不是投机主义者，也不完全是现实主义者，不会说革命出了很多问题，就抛弃革命。这属于丁玲的个人品质。另一方面，也涉及丁玲在革命体制里的位置。她是一个高级官员，亲身参与政权的建构，所以她观察问题的视野、方法和角度其实和一般的"受害者"不太一样。

革命作为信念，最重要的是它最终形成了一批人，就是丁玲那一代革命者。他们相信人的力量，相信可以创造一个新世界。他们对弱势，对底层，对工农有一种天然的同情心，而且他们有实践能力。我认为丁玲达到了这样的"信念化身"的境界，但是她缺少理论的反思能力，她毕竟是个作家。此外，丁玲80年代写的东西，也需要重新去解读，我们对她后期的东西研究得不够，过分地轻视。

《青阅读》：80年代的丁玲，除了"不合时宜"的作品，还是一个"老左派"，与时代思潮不合，很多人都不喜欢她。这该怎么理解呢？

贺桂梅：关键是，为什么丁玲在80年代变成了一个"老左派"？今天谈这个问题，不是为了分辨当时到底是左派好还是右派好，而是到底怎么看七八十年代中国的转型——从革命转向改革。对此，目前还没有形成普遍的社会共识，但是在学界会越来越明确，就是80年代的变革，断裂性太强。

我想丁玲的意义就在于，她强调在革命体制连续性的基础上来讲变。丁玲并不是不变的，不要看名号，要看她到底在做什么。她办《中国》杂志，有意思的是，她所希望的体制的连续性，体现在对作家群的组织上。丁玲重视老作家、她的同龄人，还有50年代培养出来的作家。她希望以毛泽东时代培养的作家为中坚，上下来带老作家和青年作家。《中国》也发表遇罗锦、北岛、顾城、舒婷等人的作品，丁玲一点都不拒绝现代派，她是想保持革命话语一定的连续性。但是80年代整个的心态就是一切都要打破。

《青阅读》：您认为今天来讨论丁玲有什么意义？

贺桂梅：第一是丁玲自身的丰富性。她非常博大和强韧，又那么敏感和细腻，她是性情中人，又干练，能做事，懂人情世故，但又一点不世故。只有20世纪才有这样精彩绝伦的生命，所以我称之为"生命哲学"。第二是深入丁玲，可以矫正我们对中国革命漫画式的、黑白分明、二元对立的简单理解。第三个意义在于，可以用丁玲作为媒介，去理解20世纪的中国历史。在20世纪作家里，丁玲是唯一和革命相始终的人。从五四新文化运动到80年代，贯穿始终，而且她一直处在革命的中心，是每个时期重要事件的弄潮儿，她最能够代表革命的20世纪历史的特质。如今，应该可以客观公正、心平气和地来看待20世纪的中国历史和社会主义实践，以及知识分子在这个历史里面复杂的体验。

（发表于《北京青年报·青阅读》B1、B2版，2015年7月31日，署名尚晓岚）

冯雪峰，一面活的旗帜

半个月前，第八届中国出版集团出版奖揭晓，十二卷本《冯雪峰全集》名列"综合奖"榜首，这套令学术界兴奋的书，在出版界也获得了应有的荣誉。全集是去年年底面世的，人民文学出版社召开了新书发布会，许多老人在座，包括陈昊苏等开国将帅之子，还有人文社的元老陈早春、何启治、屠岸等几位先生。这些嘉宾们的到来，表明冯雪峰具有的多重身份，诗人、作家、翻译家、鲁迅研究家、马克思主义文艺理论家、文艺战线的领导者，还有——人民文学出版社的创建者。

其实，在20世纪的革命历程中，冯雪峰的位置始终很特别，他不仅是左翼文坛的"笔杆子"，与鲁迅关系密切，而且参加过长征，打过游击，做过情报工作，与军政界高层和文化界都有广泛的交往。而在1949年之后的历次运动中，他几乎都"在劫难逃"。不过，几经沉浮、亲历历史也部分地创造了历史的冯雪峰，面貌似乎不像他的"老对头"周扬那么"复杂"，人们谈起他，总是带着由衷的敬意。年过九句的屠岸先生至今牢记着当年和冯雪峰握手的情景："我觉得他的手里面有一种热力，这种热力一直侵入我的心脏。我是冯雪峰的天然粉丝。"

《冯雪峰全集》的出版，对现当代文学研究者来说是个好消息，虽然有些姗姗来迟。最初，是冯雪峰的家乡义乌市为纪念这位"乡贤"，推动全集的出版，2012年启动，印行两千套，并编入庞大的"义乌丛书"。人文社接下这一项目后，又得到了国家出版基金的支持，另印一千套。2016年底全集告成，不过，版权页上的出版时间是2016年6月，这是冯雪峰出生的月份，遵照其家属的意愿，以志纪念。

全集的责任编辑王海波介绍说，80年代人文社陆续出版过四卷本的《雪峰文集》，冯雪峰的长子冯夏熊参与编辑，2003年又出过两卷本《冯雪峰选集》。2016年，在冯雪峰逝世四十周年之际，全集终于面世，第一次系统地整理了他的作品，包括诗歌、小说、散文、寓言、杂文、论文、翻译、回忆录、电影文学剧本，以及书信、日记、编务文稿、政务文稿函件、外调材料、运动材料等，洋洋五百余万言。"已经很全了，不会有太多散佚的作品。全集的文字主要由冯夏熊之子冯烈及其夫人方馨未提供，他们为了编全集连工作都辞了。编辑过程中，我们的基本原则是尊重历史文本的原貌，确属错字的才改，否则即使不符合当前书写习惯也原封不动，以便保存现代汉语的发展过程。注释方面，只做了资料性的题注，说明作品的时间和出处。"

全集中特别引人瞩目的，是"文革"期间冯雪峰在人文社或湖北咸宁干校写下的"外调材料"，多达二百余篇、八十来万字。当时有多家单位或个人为了搞调查或做证明，来找他写历史材料，冯雪峰一般先用铅笔写下底稿，再用圆珠笔和复写纸誊抄数份，交与各方。这些外调材料一向很有名，早年曾有部分内容面世，备受研究者重视。王海波说，外调材料的底稿曾险些被付之一炬，"大约是'文革'后期，它们堆在人文社的院子里，眼看要销毁，陈早春先生认出了这些手稿，拿走交还给了冯雪峰"。全集中的两卷外调材料，就是根据手稿编辑的。"2012年底，我们开过一个史实论证会，主要就是针对外调材料，各方人士参加，大家都觉得这是珍贵的史料，行文虽然带有特定年代的痕迹，还是能感受到冯雪峰实事求是的态度，应该收录。其他人的全集，就很少有这类文字。"王海波说。

"古今中外，提高为主"，冯雪峰1951年受命组建人民文学出版社时拟定的方针,后来被概括为这八个字,成了人文社一路走来遵循的传统,他招揽了大批一流人才,为出版社奠定了雄厚的基础,泽惠后人。时光荏苒,如今人文社的老一辈中,见过冯雪峰的人也不多了。退休的老编辑张福生先生说,1979年,冯雪峰逝世三年之后彻底平反,他在西苑饭店参加了追悼会。"人多极了,包括很多领导人都来了,无数的花圈、挽联,场面非常震撼。"那时他入社工作不久,对文化界还不熟悉。"我身边有一个老太太在痛哭,一脸的泪,但是没有声音。我就问同事,这是谁啊?同事说,她你都不认识?这是丁玲啊。"

一切感慨,面对这沉重的泪水都显得轻薄。沉默片刻,问张福生先生:"您在人文社,听周围的人谈起冯雪峰,是什么感觉?"

他稍一思索,说:"他是一面活的旗帜。"

访谈:
冯雪峰作为翻译家的贡献，没有被充分认识

清华大学中文系的王中忱教授一直关注和研究冯雪峰，尤其是冯雪峰的翻译，这些年，他从日本的旧书店里搜求冯雪峰当年依据的日文底本，对照检视，有不少新发现。《冯雪峰全集》的出版让他由衷地高兴，"这些年来，我们对雪峰的文学贡献研究得很不够，雪峰作为一个翻译家，特别是理论翻译家的贡献，还没有被充分认识。全集的出版，会推动关于雪峰的再认识"。

冯雪峰和别的左翼作家不太一样

《青阅读》：通览《冯雪峰全集》，您感觉如何？

王中忱：这是对雪峰著作第一次最全面的整理。我一直就很奇怪，也很着急，这么多作家全集都出了，为什么就雪峰一

直没出？所以，应该特别感谢冯烈夫妇为《冯雪峰全集》的编辑、整理所付出的劳动。

这套全集已经相当全了，雪峰的作品收录齐备，连公开发表的书信都在。很多作家的全集都不收译文，它的译文收得也很全。当然，有特色的还包括外调材料、检讨，和中央档案馆里抄出来的那些材料。这些也是别的作家全集很少见到的。《郭小川全集》收录的外调材料算是一个先例，但是郭小川的经历不像雪峰这么复杂。全集的注释不多，但基本上很准确。各篇文章的出处，依据的版本等等，都说得很清楚。

《青阅读》：在现代文学史上，冯雪峰似乎比较特别，比如说他写了很多寓言，中国作家很少有对这种文体感兴趣的。他还有哪些方面值得关注呢？

王中忱：雪峰确实和别的左翼作家不太一样。他本来是一个诗人（湖畔派），当他转向文学批评，成为一个批评家时，正好是左联筹备和成立时期。可以说雪峰在左联里是比较有创作经验和文学感受力的，而且在他成为理论家的同时，还翻译了大量东西：诗歌、小说、理论批评都有，范围广泛。

而实际的创作和翻译经验肯定也对他的批评有很大影响，这使他和左联的另外一位著名理论家周扬就有些不同。雪峰当然也有宏观的、高屋建瓴式的批评，但是他会具体地进入作品，能够很深入地理解文本内部的东西，包括一些作家思想细部的肌理，比同时期的其他左翼批评家更细腻一些。像左联时期他评丁玲的《水》就是如此。

《青阅读》：冯雪峰和鲁迅关系密切。他在《回忆鲁迅》中认为，以1927年大革命的失败为界，鲁迅的前后期思想有"本质的分别"，他从"小资产阶级急进民主主义者"，成为一个共产主义者。现在的鲁迅研究界怎样看待这种观点？

王中忱：实际上有关前期鲁迅是共产党人的同路人的说法，影响比较大的是瞿秋白。80年代以来，很多研究者显然一方面至少是想要淡化瞿秋白、冯雪峰等关于后期鲁迅发展为马克思主义者的说法，另一方面突出鲁迅自由独立的一面，好像二者是不可调和的。自由独立和一个马克思主义者是不是有可能结合在一起？这个大家好像考虑得比较少。但这样一来就很难解读鲁迅后期的杂文。另外，鲁迅后期也一直在做马克思主义文艺理论的翻译，扶植萧红、萧军等左翼青年，包括他的一些社会活动，一直持续到最后。他参加民权保障同盟和他后期的一些活动，都和国际共运有关系。鲁迅研究界都意识到了后期鲁迅的重要性，但是似乎还拿不出有力的解释办法。

现在通过一些材料，可以看出鲁迅和中共、和共产国际的一些地下活动有关。很清楚，他掩护过共产党人，和史沫特莱来往密切，对史沫特莱和共产国际之间的联系，不可能不知道。鲁迅加入的民权保障同盟，本来就是为了营救共产国际的牛兰夫妇成立的，以鲁迅和宋庆龄、史沫特莱的关系，他怎么可能不知道。

我的感觉，鲁迅是广义上的马克思主义者。从他的基本思想来看，社会主义理念他是有的，他从权力关系看社会，始终没有放弃阶级论观点，对资本主义逻辑的反感也贯穿始终。而且，当时中共还是在野的、被压制的力量，鲁迅常常会站在被压制的一方。当然对革命之后可能的变化，对"黄金天堂"的质疑也贯穿了他一生，但是那会儿革命还没成功呢，不能说因为怀疑就放弃了对一个变革社会的重要力量的支持，鲁迅从来不是这样的。

冯雪峰的翻译，挑选作品的眼光很独特

《青阅读》：您对冯雪峰的翻译评价很高，请谈谈他在这方面的贡献。

王中忱：鲁迅从20年代末开始翻译左翼文学理论，雪峰也从日文著作翻译了很多，并且雪峰的翻译是在他和新感觉派作家关系比较好的前后开始的。1927年大革命失败后雪峰入党，1928年初来到上海，和戴望舒以及新感觉派的穆时英、刘呐鸥他们住在一块，搞"文学工场"。戴望舒他们翻译的主要是西方现代派。施蛰存有一篇文章《最后一个老朋友》是回忆冯雪峰的，提到雪峰不赞成他们翻译英国颓废诗人的作品，而他自己译的就是左翼文学和文艺理论，在朋友们中间很有影响。后来由于柔石的介绍，雪峰和鲁迅认识了，共同翻译"科学的艺术论丛书"，是他们从日本左翼文学家搞的一套丛书中选译的。

全集第十卷收入的《新俄的文艺政策》，是1924年苏联中央委员会关于文艺政策的讨论会的速记，鲁迅和雪峰都翻译过。这个会议记录非常有意思，它出现在斯大林完全掌权之前，参加者包括托洛茨基、布哈林、卢那察尔斯基、阿维尔巴赫、别德内依等等很多人，各种各样的观点都有。鲁迅和雪峰等于从这里开始了解苏联的文艺状况，这和后来直接接受苏联的理论结论不太一样，鲁迅和雪峰是把讨论的过程翻出来了，包括托洛茨基怎么说，别人怎么批评他，他又怎么反驳……我一直觉得应该专门讨论这篇译文，它对中国接受马克思主义文艺理论很重要。它是在左联成立之前翻译的，并且是鲁迅和雪峰同时翻译的，也就是说，他们当时并没有把苏联的理论当成一个结论，他们看到的是讨论的过程。

另外一篇值得注意的译文是列宁的重要文章《党的组织和党的文学》。在1930年左联成立之前，雪峰把它翻过来，标题叫《论新兴文学》，他是根据日本翻译家冈泽秀虎的节选本译的，刊登在《拓荒者》上。非常有意思的是，列宁说，我们的文学是党的文学，雪峰译为，我们的文学是"集团底文学"。我专门查了一下冈泽秀虎的日文节译本，就是"党的文学"。并且明确说到，文学不应该是"个人或集团底利益的手段"——也许翻译的时候他会想到，太阳社、创造社这些左翼小团体互相打架，也可能那时候要是直接把

"党"译出来，审查过不了关。反正不知道什么原因，有各种可能性，他就是这么译的。1930年底，陈望道翻译了冈泽秀虎的《苏俄文艺理论》，把雪峰这篇译文作为附录收入，就恢复成了"党的文学"。

还有一点，列宁这篇文章雪峰译过两次。1933年他根据藏原惟人的节译本又译了一次。我找到过藏原惟人的节译做对照，发现藏原译本删掉了"这将成为自由的文学……"这段很关键的话，但是雪峰又根据自己原来从冈泽本转译的译文把这一段补上了。他为什么会补上这一段呢？左联成立后，发生了和胡秋原等"第三种人"的论战，涉及文艺自由的问题。胡秋原实际上读了很多马克思主义的书，很懂行，他批评左翼对马克思主义的理解有问题。一开始，雪峰、瞿秋白都把胡秋原、苏汶等人骂得狗血淋头，但是后来左翼觉得这样不好，要改变这种做法。1932年张闻天任中共中央宣传部部长，他发现过于激进可能不行，觉得左联圈子太窄，斗争对象太多。所以首先在文艺政策上有所调整，他写了一篇文章叫《文艺战线上的关门主义》。而雪峰的这篇根据藏原惟人译本重新翻的文章，是和张闻天的文章放在《世界文化》同一期上发的，这本刊物也是雪峰负责编的，他把张闻天原来发表在党内刊物、很少有人看到的文章拿过来一起发表，达成了一种呼应。所以中国接受列宁的文学论，虽然是通过日本的脉络，借助于翻译，但确实是结合自身的文艺斗争实践，做了比较有创造性的阐释。

另外值得重视的是，雪峰从日文转译了匈牙利批评家玛察1924年完成的一本书《现代欧洲的艺术》。这是比较早也比较系统地介绍现代主义艺术的著作，包括文学、戏剧、音乐、建筑各个领域，各种流派，很全面。现代艺术在19世纪末20世纪初的欧洲非常盛行，作为马克思主义者应该怎么看待它？原作者玛察显然非常理解现代主义内部的逻辑和特征，即使有批评也不是粗暴地否定。而雪峰最早翻译这本书是在1930年，收入全集的是40年代的修订本，像他这么敏锐地系统地介绍现代主义的人，当时国内并不多。

说到雪峰的翻译真是很有意思，当时的译者们，或者是留洋的，或者是在大学读书时就是学外文的，而雪峰都不是，从他的求学经历看，他的日文可能主要是业余习得的。但是他真的就有这个热情和韧劲。他挑选作品的眼光很独特，译文也非常好，所以鲁迅能够认可他。前面说过，鲁迅和雪峰几乎同时翻译《新俄的文艺政策》，各自出了单行本，鲁迅的译本，把雪峰翻译的冈泽秀虎介绍苏联无产阶级文学理论历史的文章收录进去，表明了鲁迅对他的翻译的信任和评价。

外调材料非常重要，但它们有被任意解读的危险性

《青阅读》：全集中用两卷篇幅收入了大量外调材料，备受瞩目。其中您觉得特别重要的有哪些？现在做研究，外调材料、检讨、档案、日记、书信等等经常作为一手史料被利用。如何理解这类材料的"真实性"？研究中使用这些材料应该注意什么？

王中忱：比如有关30年代"国防文学"和"民族革命战争的大众文学"两个口号的论争的材料，涉及周扬等人的材料，还有雪峰在上海的政治活动、上饶集中营的材料等等，都很珍贵。它们虽然是"文革"这一特殊时期写的，就史料意义来说，还是非常重要的。

至于做研究怎样使用这些材料，我觉得比较难。雪峰写检讨和外调材料的时候，用语还是当时的那种修辞方式。这样的修辞里既有当时通行的表述,但也会透露出一些他的真实想法。有些具体的东西可以根据其他材料互证,问题在于怎么判断特定修辞的背后闪现出来的他真实的想法和态度,这个肯定是越往后越困难。像我们多少有过五六十年代经验的人,会好一些,"80后""90后"可能就没这个感觉了。所以这些材料就有被任意解读的危险性。只要变成一个书写文本,肯定就受制于各种外在的律令,怎样解读就是一个困难的问题。

现在大家对这些所谓一手材料太迷信了。有人拼命去抄档案,一抄出来就觉得是真的了。这些东西当然很重要,但也必须看到,任何档案材料也都是一个文本,是文本就涉及书写的条件,书写的方式,包括书写的格式。像雪峰的这些材料就受到"外调体"的影响,需要慎重解读。

《青阅读》:冯雪峰的经历里有一个特殊时期,就是1937年,他离开组织,"不告而行",年底回到家乡义乌, 1939年重新接上组织关系后也未负责具体工作,被捕后关入上饶集中营,直到1943年前往重庆见到周恩来,才算正式恢复工作。怎样理解这一段他和党组织比较疏远的时期?

王中忱：原来我也一直觉得奇怪，雪峰怎么中间就走了呢。曾经看过雪峰写的自传和检讨的片段材料，提到曾跟博古大吵了一架。当时大约是在卢沟桥事变之后，博古跟周恩来到上海，准备就国共合作、统一战线问题和蒋介石谈判。雪峰的意见是搞统一战线不能向国民党让步太多，认为宣布国共合作时也应该向左翼人士另外发个说明，表明不放弃无产阶级的立场，以适应大家的情绪。雪峰这个人也有他比较激烈的一面。但是博古等人显然急于达成统一战线的协议，这也是共产国际的要求。

有不同意见和争论，怎么就不辞而别了呢？这次看雪峰全集，事情的轮廓好像清楚了一些，但也不能说完全清楚。全集第七卷附录所收《1937年7月22日张闻天给博古的电报》谈到"允生问题"，编者加的注释说指的是允生（冯雪峰奉命从陕北到上海工作，化名李允生）和博古吵架事件。同年8月8日，张闻天致电允生，要他回延安讨论工作，10月16日张闻天致电博古闻讯"调允生来此工作"之"结果"，表明允生直至此时仍未遵命返回延安。全集第十二卷所附《冯雪峰年谱》说：8月8日张闻天的电报"冯雪峰本人似未收到"。如果确属如此，那就不是雪峰抗命而是另有原因。究竟是什么原因呢？现在还不得其详。

与此相关，1937年10月23日张闻天致信潘汉年，要潘转告雪峰到延安开会，25日，潘汉年、刘晓给毛泽东、张闻天回电说："李允生已不告而行。"不过全集在此句话下所加注释则说"冯雪峰此时仍在上海，于1937年底回到家乡浙江义乌"。还有，从潘、刘电文看，冯曾给潘写过一封信，也可证冯并非"不告而行"，严格说是"告（假）而未行（没有马上离沪回乡）"。但潘的电文转述冯信的一句话很有意思："请党对他这类分子不当作干部看，所以他离开工作没关系。"虽然是转述，但很符合雪峰的性格、脾气，应该大致不错。

（发表于《北京青年报·青阅读》B1版，2017年4月28日，

署名尚晓岚）

春风何处说柳青
——纪念柳青一百周年诞辰

> 如果我们今天重评《创业史》这类小说,而只满足于从政治行情上贬斥它,那除了表明我们在政治上和学术上已经势利到根本不配评论这样的小说之外,恐怕再说明不了什么。
>
> ——解志熙(清华大学教授)

如果用百度搜索"柳青"这个名字,排在前面的是滴滴总裁、柳传志之女的靓照和创业历程,年青一代或许已不太知晓,数十年前,有一位本名刘蕴华、笔名"柳青"的作家,留下了一部未完成的《创业史》。

今年是柳青一百周年诞辰。人民文学出版社日前出版了《柳青传》,作者是柳青的女儿刘可风,她退休前是陕西科学技术出版社的编辑,在父亲去世近四十年后,她终于完成了这部传记。

《柳青传》分为三部分。"上部"以第三人称全知视角描述柳青的家世、童年，他在延安、共和国初期、"文革"等不同阶段的经历；"下部"变为第一人称，刘可风记述了自己与父亲相伴的九年，主要是"文革"岁月和柳青的晚年。另附"柳青和女儿的谈话"，记录了柳青关于未完成的《创业史》的构思和人物发展、关于《在延安文艺座谈会上的讲话》等一个个话题。在电话采访中，刘可风告诉《青阅读》记者，"父亲一直患有严重的哮喘病，常在晚上发作，无法休息，我们晚上谈话很多，我每天记录父亲的谈话"。这部分内容后来经人文社编辑建议，从"下部"中抽出，独立成篇。

柳青1978年去世后，刘可风就着手搜集资料，但她觉得"当时的主客观条件都不允许开始写作"，直到2003年她才动笔，在出版前改了四稿。她表示，"主观条件是因为我当时还年轻，文字水平和对父亲一生的认识水平还不行。80年代农业政策变了，我觉得说什么也没有社会效果，应该对历史现象进行长期细致的观察，要了解更深了再看。客观条件是因为我的职业，我是搞科技的，业余时间要想把逻辑思维转到形象思维，很困难。编辑工作上班下班都要做，抽不出多少时间"。

刘可风说，传记的"上部"采用第三人称，是因为她不曾亲历,"没有把它变成第一人称的技巧",这部分的主线依靠柳青在"文革"中写的一份自述性的交代材料,并加入了许多采访素材。"我把他一生走过的地方都走了一遍,把能采访的人都采访了一遍。"1978年至1979年,刘可风走访了父亲各个时期接触过的人,包括同事、上下级、陕西米脂县和长安县的各级干部、村民、亲友等等,其中就有《创业史》主人公梁生宝的原型王家斌。"王家斌是我的重点采访对象,我经常去他家,最长住过一个月,聊过去的事情。他身上有很多一般农民不具备的东西,他不识字,但非常稳重,说话和思考问题有很多闪光点,很让人感动。"刘可风说,像王家斌这样过去时代的英雄,都是无私奉献,对自己没有什么考虑,没有多少积蓄,改革开放以后,王家斌贫病交加,陷入了困境。1990年6月13日,王家斌去世。"他和我父亲是同一天同一个时辰走的,我也觉得很惊异。"

在《柳青传》中,刘可风谈到了自己的"困惑"——柳青在共和国的数次运动中受到过批评,"文革"中备受折磨,进入新时代却又成了"极左思潮"的代表,"被批判,被摒弃"。她告诉《青阅读》记者,"困惑"实际上是她面对时代变化的一种提问方式。"这种彻底翻过来、翻过去的状况,反映出我们这个社会认识问题的一种方法,一概否定,不加分析。"她清楚地记得,父亲晚年说过,《创业史》"肯定会被否定",它的价值要"五十年以后再看"。

其实,在当代文学研究领域,《创业史》虽然遭到过否定,但从未被遗忘,近些年来更是受到部分学者的推崇。中国社科院文学所的一些年轻学者,做了一个研究计划叫"社会史视野下的中国现当代文学",每年讨论一个作家,今年的对象就是柳青。对当前的研究状况,刘可风表示,"有一些新的研究,但感觉不是特别多。面积有多大,影响有多大,我还不太了解"。她认为《创业史》之所以今天还被人们研究,是因为它是文学作品。"人们因为政治原因抛弃它,又因为艺术原因把它捡起来。否定它都是从社会的角度,很少有人从文学角度进行艺术分析。我父亲没把《创业史》写完,没有把合作化的整个过程和他的看法全部写出来,但我自己认为,它在技巧上确实达到了高峰。"

刘可风1970年大学毕业后分配至陕西,照顾重病缠身的柳青直至他去世,九年时光,她对父亲有着深切的体悟。"我父亲终身追求的就是国富民强。他的一生,有极强的社会责任感和历史责任感。他在农村工作，觉得无论多么微小的事，都要对农民有教育意义，要提高农民的思想道德水平。改造，不是人对人的改造，是所有人都要用正确的思想改造。人的一生，是和自己的缺点斗争的一生。他一生坚持党性原则，坚持实事求是，'文革'中即使会因此牺牲生命也在所不惜。他在长安县威信很高，和他的实事求是关系很大。就文学创作来说，他坚韧顽强，百折不回，追求创新。他的三部长篇（《种谷记》《铜墙铁壁》《创业史》），三部三跳，一直在进步。"

刘可风还向《青阅读》记者谈到了柳青的"缺点"。"他不太会待人接物，有人受不了他过于农民化的直爽，有人会感觉他怪异。他如果心里想事情，根本旁若无人，对别人说什么完全没有反应。我认为，他的一些缺点正是成就他的东西，他能不被世俗的东西干扰，能集中精力。"

春风浩荡又一年，卷起思绪，拂过历史，它还能把我们带回1953年的春天，带到终南山脚下的那个乡村吗？那里铺展着《创业史》所描绘的社会主义农业合作化运动壮阔而复杂的历史画卷，那时的"创业"有着与今天截然不同的内涵。柳青那一代经历了抗日烽火，从延安走来的作家们的道路，还能为我们理解共和国历史、理解文学提供更广阔的视野和更深入的思考吗？所有的问号，将指向我们自己的选择。

访谈：
你有什么样的生活就有什么样的创作

（受访人：何吉贤，学者，中国社科院文学所《文学评论》编辑）

《创业史》一直作为一个有各种可能性的文本而存在

《青阅读》：《创业史》1960年问世，几十年来对这部小说的评价起起伏伏，这个变化的过程大致是怎样的？

何吉贤：《创业史》是中国当代文学的标志性作品。关于它的评价变化，在一定程度上可以反映当代社会、政治和主流思潮以及文学观念的变化趋势。

《创业史》第一部面世后，即获得了很高评价，但1961年《文学评论》第3期上，发表了北大中文系严家炎老师的批评性文章《谈〈创业史〉中梁三老汉的形象》，之后，严老师又发表了一系列文章,进一步阐述他的观点。柳青站出来写了文章回应,事实上形成了一个争论。在当代文学史上,这是一个有意思的重要的争论。严老师的核心观点是认为书里写得最成功的不是梁生宝这个"社会主义新人",而是梁三老汉,认为这个形象符合当时农村生活的实际情况,因为农村绝大部分是像梁三老汉这样想发家致富,有自发的资本主义倾向的农民。

严老师当时还是一个年轻教师,柳青本来不想因为争论给他带来压力,但他为什么还是做了认真的回应呢?主要是因为在60年代围绕梁三老汉的形象,邵荃麟提出了"中间人物论",提倡描写像梁三老汉这样占大多数的"中间人物",这个观点在当时得到周扬、林默涵等很多人的支持(当然后来又遭到批判)。柳青重视和要回应的实际上是"中间人物论",他认为这是带有某种偏见的重要倾向。

"文革"时期,"十七年文学"的大多数作品被否定,《创业史》自然无法幸免,但也不是那么典型。我们从最新出版的《柳青传》中可以读到,当时江青有向柳青示好的意图,我觉得这说明了柳青和《创业史》有在一个更激进的框架内被解读的可能,比如《创业史》对整体性叙述的追求,再比如它所体现的文学叙述和具体政策之间的关系，还有柳青本人所实践的生活和创作之间的紧密关系——当然，柳青自己的想法和"文革"时期的文艺主张是不同的。

进入"新时期"之后，农业政策、文学观念发生了巨变，对柳青和《创业史》的评价自然也变了。但相比于其他"红色作家""十七年文学"，《创业史》并不是被否定得最厉害的，当时，对丁玲、赵树理等人的质疑和批评声音更大。80年代中期以后，现代派兴起，柳青所代表的现实主义传统自然被边缘化。但随着90年代初的"陕军东征"，柳青传统作为一个文学影响的脉络一直时断时续地被人提起，在实际的创作中，路遥、陈忠实甚至贾平凹等陕西作家，始终肯定柳青对他们的影响。而在当代文学研究界和批评界的"再解读"潮流中，从90年代到现在，《创业史》也一直作为一个有各种可能性的文本而存在。"再解读"试图突破政治与文艺的二分法，受到种种"后学"理论的影响，进行了大量的文本细读。

没有整体性的视野，对于理解柳青这样的作家是灾难性的

《青阅读》：许多评论家、研究者都认可"梁三老汉"这个文学形象，那今天我们怎样看待柳青全力塑造的小说主人公梁生宝呢？

何吉贤： 已有研究者指出，即使抛开政治背景来看梁生宝，他在农村也是属于那种有公心、有仁义之心，敢于和乐于承担的"能人"。但我觉得不能讲到这一步就完了，在这个问题上，马克思主义的基本分析框架还是有用的，我们要看把人放在一个什么样的结构里，他处在什么样的社会条件下，才能激发出他的这种"公心"和能力。农民在新时代所经历的变化，新旧事物的斗争和漫长的转化过程，恰恰是柳青写《创业史》想要处理的最重要的问题，用当时的概念，就是塑造一个乡村中的"社会主义新人"。

《创业史》的故事从1953年春天正式开始，柳青原来想写四部，从互助组、初级社、高级社写到人民公社，后来他的想法变化，计划写到高级社为止，也没能完成。柳青对高级社之前的农村政策是肯定的，认为之后走得太快，脱离了农村实际，这与现在的官方历史叙述也基本是一致的。

那么，小说对应的历史时段就是1953年到1955年，这对当代中国农村来说是关键的时段，1953年，土地改革基本完成，农业合作化逐步推进，国家实行粮食统购统销，进行资本主义工商业改造，这一切对农村生活的影响很大。

《创业史》处理的恰恰是共产党政策与农村现实比较贴近的一个时段，社会主义因素作为新生事物在农村不断出现，同时意味着对农民、对干部的教育和改造。怎样理解这些新事物？它新在什么地方？理解当代中国历史和文学，最困难的就在于此。我们现在无论肯定还是否定，都没有办法真正理解当社会主义新生事物出现时，对不同的人构成的挑战。20世纪中国是一个革命的世纪，不断有新的东西出现，当这个历史终结，我们从"后革命"的视角来看，就很难去理解其中的创新和断裂。

近十多年来中国思想界最重要的潮流之一是保守主义，民族主义的脉络也在相当程度上是与保守主义相结合的。在这个潮流里，赵树理可以作为一个偏重中国传统、贴近农民生活的作家来讲述，柳青笔下的梁生宝是一个"好人"，他的讲仁义、重感情、有担当，也可以阐释成来自传统价值。相反，我们不能从"社会主义新人"的角度来理解梁生宝。在保守主义视野下，农村被叙述为不可能有创新，不具备能动性，农村变革的动力总是来自外部，像梁生宝这样虽然与政治有关，但又是从农村内生出来的人物，他内在的动力就解释不通了。

事实上，"十七年文学"所体现的社会主义实践基本上没能得到充分的真正的理解，理论阐释和历史理解都不够。我认为现在仍然需要重提某种整体性的视野。90年代以后学术研究越来越专业化和琐碎化，文本解读得很细，但是背后整个的历史动力究竟是什么，是不清楚的，这对理解柳青这样的作家是灾难性的。

柳青和陈忠实，谁的文学语言更高明？

《青阅读》：评论者似乎普遍认可柳青对农民，对农村生活的生动描画。您怎样看待《创业史》的艺术成就？

何吉贤：在当代文学研究界，经常会遇到一个有趣的题目：试比较《创业史》和《白鹿原》的语言。北大中文系的李杨老师就经常这样考问他的学生，当然，他的结论是柳青的语言要比陈忠实的高出很多。我们就从文学语言问题谈起。

如果把历史视野再打开一点，我们都知道，"五四"时期的白话文学的语言是不够成熟的,文白掺杂、翻译腔很重。20世纪40年代是现代汉语的重要阶段,不同艺术取向和政治脉络上的作家,在诗歌、小说等不同的文学体裁上,都用比较成熟的现代汉语创作了经典作品。作家们用相对成熟流畅的语言来表达现代人的处境和情感,在准确性、逻辑性以及语言交流的广度和深度上都有了显著的提高;另外一个重要的变化,是语言显著地脱离了"文人腔"——不仅仅是一般性的口语化,而是与更广泛的人群,尤其是与底层、与农民口语的进一步结合,也就是说更接地气了。我们讲"文人腔",有各种各样的文人腔,这种趋势似乎使语言更加个人化、多样化,但由于奠定文人腔的审美和价值体系是高度一致的,所以这种表面上的个人化和多样化最终又导致高度的一致性、单调的风格化,就我们讨论的柳青式的巨幅历史画卷的文学叙述而言,这样的语言显然无法承担。

柳青用一种具有高度概括性、穿透性,又脱离了文人腔的清晰、准确而具有显著交流功能的语言来写作。《柳青传》中谈了很多柳青的文学养成过程以及他读书和写作的一些感受,是很有意思的资料。柳青特别强调每一章要找到一个人物的视角,要贴着人物写,用人物的语言来叙述,不要有作者自己的影子。从这个角度看,我认为 80 年代以来贾平凹、陈忠实等人的文学语言相比于柳青是一种倒退。

另外《柳青传》里讲他青少年时代的求学经历,有一点我比较吃惊,就是他下了许多功夫学英文,他是能熟练阅读英文原著的。我猜想柳青语言的准确性和逻辑性可能和他的英文素养有关,我个人的感受,相比于英语,现代汉语对准确性的追求往往有所逊色。

柳青式的现实主义,是当代文学中一个非常独特的传统

《青阅读》:《柳青传》中谈到,柳青是《在延安文艺座谈会上的讲话》精神的拥护者,坚持写作到基层群众中去。怎样看待柳青的文学实践和《讲话》的关系?

何吉贤:这个问题我们分三个方面来谈。首先,《讲话》有一定的历史背景,但它绝不只是一个因政治需要而产生的文件,就文学实践而言,我觉得它是对三四十年代以来中国文学尤其是左翼文学实践的一个总结。它要解决的是普遍性、原则性的问题,相对而言,对文学艺术创作"特殊性"的观照或许不够。柳青的文学实践是在这一脉络里产生的。

其次,《讲话》的一个基本精神是:艺术来源于生活,特别是与社会实践、与普通人的生活和实践相关联。这也是柳青文学实践的精髓。柳青去世之前,在《延河》编辑部有一次讲话,题目就是《生活是创作的基础》,特别强调深入生活。他提出"三个学校"和"六十年一个单元"。所谓"三个学校",是指生活的学校,政治的学校,艺术的学校。为此还有人批判他,为什么排第一位的是"生活"而不是"政治"。所谓"六十年一个单元",就是指文学是终生的事业,六十年一以贯之,像柳青,就是把写《创业史》当作一辈子的事业,生活工作都围绕这个展开。

我认为柳青的这个说法,是比较符合《讲话》精神的。关于生活与政治的关系,他认为"总要先懂得生活,才能懂得政治,脱离生活,政治也是空的",他这个说法非常接地气,而且也符合当代人关于政治的理解。他甚至觉得创作技巧也取决于生活,"技巧怎样,归根结底是作家的生活经验造成的"。为了写作《创业史》,他在长安县皇甫村落户十四年。"文革"后重回长安县,好像鱼儿归了大海,各种艺术感受力、各种触角都被激活了。这就是他所谓的生活。

《青阅读》：柳青扎根农村十四年的创作方式，《创业史》的现实主义精神，还有他创造的人物，都与当代农村题材小说非常不同。在您看来，他为漫长的现实主义文学传统提供了怎样的经验？

何吉贤：柳青式的现实主义，是中国当代文学中一个非常独特的传统。我们看西方的自然主义和批判现实主义文学，作家的创作和生活在一定程度上可以分离，个人经验和艺术实践之间可以有一定距离，但柳青式的现实主义的核心是：你有什么样的生活，就有什么样的创作。当然，这里的"生活"也不能作一种实体性的理解，"生活"本身是变动的，它就像一个能动的变化机制，也决定了创作主体自身的变化，是其创作动力的来源。

我们现在大多从政治性的角度理解《讲话》，认为它是对创作的一种规范，甚至是一种桎梏。而柳青则是从艺术创作规律来看的，他认为如果没有生活，或者创作和生活分离，就不可能达到"贴着人物写"的目标。这种文学形象和创作者主体之间的一致性，是非常非常独特的创作经验。

当时有一批作家共同塑造了这个传统。周立波作为土改工作的领导者去黑龙江尚志，写出了《暴风骤雨》，后来又回到老家湖南益阳农村落户十年，完成《山乡巨变》；赵树理也返回山西工作和写作；丁玲写《太阳照在桑干河上》也基于其在河北参加土改的经验……无论战争时期还是社会主义建设时期，这些作家都担任一定的职务，处理相当繁杂的具体事务，是一个实际的工作者，但同时他们对自己作为职业作家的身份也有比较明确的认定。

现在再也没有人这么写了，观念已经变了。现在也有很多"50后"作家写乡村题材，甚至回农村，回家乡，但他们实际上和现在的乡村是隔离的，这和柳青他们很不一样。

《青阅读》：不一样在哪里呢？很多"50后"的重要作家出身乡村，当代文学最重要的作品也往往是写农村的。

何吉贤：农村出身不见得就能理解农村。新时期以后关于农村的叙事，没有提供更丰富、更具另类性的资源，也没有提供更有紧张感的历史叙述。"50后"作家内心真正有一点根的东西，就是他们年轻时的乡村经验。我认为，贾平凹比较了解的是农村中具有一定流动性的人，阎连科笔下的乡村基本是概念化的,莫言对农村的描述基于他年轻时的经验,对苦难、饥饿的记忆比较强烈。但是柳青等人对农村的理解是全方位的,不仅理解农村的现状,也理解农村的过去,还在孜孜探求农村的未来。

柳青等人扎根下去,对农村生活,对构成农民生活世界的村庄,对农业生产劳动,农村人情世故都谙熟于心。他们也是从农村出去了又回来,而且是带着某种具体的工作和使命,作为中层干部回来,上自国家的农村政策,下至村一级的基层干部和积极分子,他们与之都有千丝万缕的联系。只有在 20 世纪中国,伴随长期的战争和革命,才能磨炼出这样的人,这样的创作模式,以及这样的现实主义传统。

(发表于《北京青年报·青阅读》 B1 版,2016 年 3 月 4 日,署名尚晓岚)

收拾起大地山河一担装
——听李零先生谈谈"我们的中国"

采访手记

《我们的中国》,是李零先生多年来读书行路的成果,以历史地理的角度,深入解读中国,从历史大势,到细节的考辨,有些文章非常专业。这样一部厚重的四卷本文集,首印一万套,上市一个来月已基本告罄,目前三联书店正在加印。这样的影响力,在学界是令人羡慕的吧。

李零先生生于邢台,长于北京,而他很爱自己的故乡——山西省武乡县北良侯村,一个距今一千五百余年的村庄。知青时代,他在那里度过了五年,种地、教小学、当广播员。如今,村子衰败了,许多相识的人故去了,而他文章中流淌的感情依旧。他说在那里找到了"对中国的感觉"——"我一直相信,没有中国感觉的人,不能研究中国历史。"

李零先生走过很多地方,他眼中的"风景",和大多数人不同。有时奔波很久,只是为了看戈壁中的一段残城。他爱北方山水的雄浑壮丽和历史沧桑。没有历史的山水，美则美矣，他不感兴趣。

采访时，由山水说到了山水画、文人雅趣。李零先生忽然面带微笑，念出了陆游的两句词，"卖鱼生怕近城门，况肯到红尘深处""我自是无名渔父"。他理解文人世外桃源的理想，他说小时候也做过琴棋书画的梦，后来"文革"了，"这种时候还风花雪月，太不像话了！"于是那个梦就丢开了。 80年代，知识界各种思潮涌动，他想："不是承平之世河清海晏了吗？关心政治干什么呀？安心读书吧。"结果，"读着读着又乱了"。

李零先生终究没有放弃动荡的世界，躲进由古文献、古文字和考古学建造的桃花源。他探寻祖先的经典，拨乱反正；他追索革命的历史，不平则鸣。他关心的、书写的，他用足迹体验的，是一个不同于西方视野也有别于流行论调的——"我们的中国"。

围绕这部大书，对李零先生进行的采访，其实更像聊天，一个个生动的瞬间无法复现，只能概述大意，命笔成文。"收拾起大地山河一担装"，做一个拥有历史的中国人，其实是一种幸运吧。

从西北征服东南,是中国的一个历史规律吗?

"夫作事者必于东南,收功实者常于西北。"司马迁《史记》中的这句话,李零先生在《我们的中国》里不止一次提到。怎样理解这样的空间规律呢?

李零:奠定中国版图基础的两次大一统——周克商,秦灭六国,都是西北征服东南。中国的重心早期一直在西北,周秦汉唐都是从陕西、山西取天下,到了现代,共产党打败国民党,依然如此。历史上的例外,项羽反秦复楚,烧了咸阳,定都彭城(徐州),不足成大事;朱元璋反蒙复汉,定都南京,但后来朱棣还是迁都北京。

地理环境当然对人很重要,老子就说"人法地"。中国的西北、东南两大版块,长期互动。宋以来经济中心南移,但政治中心在北方,元明清的统治者住在北京。历史上的南北对抗始终是大问题。东南的人口、资源、财富密集,像个文明的旋涡,有强大的吸引力。北方有非常广阔的骑射游牧带,就像气象学讲的"高压槽",寒流从西北横扫东南。不唯中国,北方民族南下,其实是世界性的。

游牧带其实是个干旱带,农业和畜牧业是伴生的。农区种粮食,也养牲口,因为农业发展不能没有大牲口;牧区也搞种植,需要燕麦之类的作物来喂牲口。两者是互补的,但生态又有差别。

牧区需要农区的粮食和好多东西,但农区就不一定,有可能禁绝关市贸易,那游牧民族就打过来了。西方人讲"traders and raiders"——贸易人和抢掠人,两者是一回事,不让我贸易我就抢。游牧民族不以抢掠为耻,这不妨害他们的道德。其实,近代西方殖民者打中国,还是重复这个模式。

游牧民族南下,不只是来打你,好多北方的人口也被吸引过来,然后游牧民族再从他们背后的纵深地带填补人口,漠南后面有漠北,漠北后面有贝加尔湖地区……整个欧亚大陆非常广阔。少数民族人口少,也是因为历史上在南下的过程中,不断和汉族融合。

为什么定都南京的政权,往往是短命的?

刘禹锡诗云:"王濬楼船下益州,金陵王气黯然收。"很奇妙,从西晋水军讨伐东吴算起,南京这座古都就不安稳了。《我们的中国》有少量篇幅谈及"金陵王气"，这也是一条地理规律吗？

李零：先声明我不是看风水的。《晋书·元帝纪》说，秦始皇的时候有人说"五百年后金陵有天子气"，秦始皇就搬迁城市，挖断了钟山到清凉山的龙脉。五百年后正好是晋室南渡，东晋定都于此。南京是六朝古都，当时叫建康，在南方地位很重要，后来朱元璋、洪秀全、孙中山、蒋介石也定都南京。南京政权在历史上不能真正统一北方，不是因为被秦始皇镇住了，还是和中国早期的重心在西北，和南北的反复互动，和政治中心在北方等等有关。历史总有中心和边缘的问题，总有种地的打不过骑马的。而且，历史上的北方草原民族也有非常富裕的，他来打你，把你的工匠、谋臣等等能干的人都弄走，也可以后来居上。

宋以后经济中心南移，是不是先进的、发达的就一定胜利？不见得。马克思有一句名言，劫掠必先有可以劫掠的东西。中国历史上的挨打一般都是先进挨打，原因就是我们有可以劫掠的东西。近代，西方打中国，靠船坚炮利，他们的阔是靠打别人才阔起来。日本也是靠打中国起家。朱维铮先生说，近代中国挨打，不是落后挨打，而是先进挨打。我说这个，自由派不爱听，说是掩盖了中国的落后性，抹杀了欧洲的先进性。但是，历史不是靠勤劳致富，一直以来贸易和征服抢掠就有关系。

历史变迁有时间规律可循吗？

《我们的中国》引《汉书·天文志》说："夫天运三十岁一小变，百年中变，五百年大变，三大变一纪，三纪而大备，此其大数也。"这一连串数字，从今天来推算，冥冥中似乎依然昭示着某种时间规律。

李零：这看上去也近乎神秘主义，但我也不是算命的。所谓"三十岁一小变"，人有生命周期，三十年一世，人都是拿自己的小尺子量大历史。中国古代有一个循环式的进程，一个王朝两三百年。古人常常有循环论的思想。这句话，是古人根据当时已经发生的历史倒推出来的，而且不是像我们这样用公元纪年推。古人使用年号，更改年号，也是给历史时段定一个起始点。

资本主义到现在五百年了，这是人类历史的"大变"。我有一个总结：19世纪是资本主义大扩张的时代，也是马克思主义诞生的时代。马克思主义有三大要点——反剥削、反压迫、倡革命。20世纪是战争与革命的时代。资本主义前四百年高歌猛进，近一百年才受到挑战。挑战来自三个方面——法西斯主义、社会主义、民族主义。西方的宣传，一向把它们视为一类，说它们都是集体凌驾个人，压制个人，属于专制和极权主义。其实，它们的共同点只是挑战了西方主导的国际秩序。21世纪是战争与反革命的时代。这个新世纪由"9·11"事件揭开序幕。西方以"反恐"为名发动三大战争——阿富汗战争、伊拉克战争和利比亚战争。美国主导新一轮的围剿，中东大乱，美俄重启对抗。后冷战是冷战的继续。

历史不是一步到位的，进一步退两步，进两步退一步，反反复复，费尽移山之力，挪动那么一点点，又回去了，然后再前进。所以有时候感觉也很悲观，好像原来做的事都白做了，再从头来一遍。

人类历史发展真的存在某种规律吗？

我们曾经学过社会发展的"五阶段论"，从原始社会到共产主义社会。黑格尔、马克思等思想家，还有许多历史学家都曾试图探寻历史发展的动因和规律。然而现在的史学界，似乎已不再尝试提出规律性的解释。

李零：有的历史学家把往事一理，总结规律，科学家就认为这很不科学，因为大多是简单的因果论。我觉得历史中还是能看到很多带有规律性的东西，探寻规律对研究历史很有帮助。当然，各种关于历史规律的理论概括都有让人不够满意的地方。

我年轻的时候学马克思主义史学、历史唯物主义，唯物史观对左翼史学影响特别大的，是重视经济学等社会科学领域的研究，即使现在的历史学，也强调社会视野，这肯定还是很重要的。不过，很多教科书未必是马克思的原意，而是教条化了。但是他特别明快，里面有一些精神是对的，就是往往被弄得比较简单。

对我来说最主要的问题是，世界史和中国史打架打得特别厉害。像国家形态的问题，马克思大部分是根据欧洲的历史经验讲的，此外，他讲了亚细亚生产方式，被当成对东方的叙述。然而中国很早就达到了国家形态发展的高峰。所以我们看世界史糊涂，从世界史看中国也糊涂，觉得处处都是顶牛的。

我们近代以来读历史，都是从西往东读，其实应该有一个校正，从东往西读。不是说不要从西往东读，但还需要校正一遍。当你用中国的经验看西方，比如看欧洲中世纪，那不就是五胡十六国吗？你要用西方经验套中国的"中世纪"，就好比拿五胡十六国来讲汉唐，没法讲。最麻烦的是希腊，城邦制度太原始了，接近我们看蛮夷列传。有的历史学家对着希腊，煞费苦心地到中国历史上找民主，那怎么找啊？民主跟西方的自治传统，跟小族群、部落状态有关。中国古代"贵民"，讲"民贵君轻"，是因为"水能载舟，亦能覆舟"，统治者怕老百姓造反，那不是民主，是"怕民主"。

单纯用西方的经验做参照看中国，脑子就乱了。两者瞎比，凿枘不投，一个圆的一个方的，根本套不到一块儿去。但是如果我们参照波斯帝国的形态来看中国，那就很相近了。历史上的大帝国（empire），内部都存在不同的版块，人们经常不是生活在同一个历史里。

中国和西方究竟哪里不一样？

李零先生很反感西方人把自己的历史经验当成尺子来量中国，他写《我们的中国》，相当程度上正是针对某些汉学家"解构永恒中国"的论调。

李零：中国和西方，历史的路子不一样。欧洲只有宗教大一统，没有国家大一统。中国正好相反，国家大一统，宗教多元化，宗教归国家管。

除了罗马帝国、马其顿帝国，欧洲历史上没有几个像样的大国家，他们看历史的方式简直根深蒂固，甚至觉得早期不可能有太大的国家。有人讲周代城邦，我根本不同意。西周哪来的城邦制？太低估中国的国家发展水平了。中国入手早，周秦两次大一统，国家形态始终处在高水平上，维持不坠。

还有，大必专制，小必民主，这纯属西方偏见。罗马帝国解体后，中世纪的欧洲四分五裂，这是他们自豪的自治传统的背景。欧洲小国林立，靠基督教统合起来，这种精神大一统就不专制吗?

我写《我们的中国》,最大的问题是 nation——这个词不是我们中文里常说的"民族"(ethnic group),是指作为国家认同的民族。西方人以 nation 为标准,认为近代中国没有完成从 empire 到 nation 的转变,就是没有像奥斯曼帝国那样解体,没有按他们的方式变成单一民族国家。他们就要"解构永恒中国",说我们的中国,不是一个确实的历史过程和地理概念,只是"想象的共同体",是"伪装的现代国家",何况还是"红色国家"——这是他们另一块心病。

欧洲为什么不能实现"大一统"?

不久前英国的退欧公投,是否再次印证了,历史上小国林立、基于民族国家基础的欧洲,与中国完全不同,根本不存在"大一统"的历史基础?

李零:欧洲也有统一的历史冲动,像拿破仑、希特勒都做过这个梦,还有在一定范围内建立统一的德意志民族。只不过欧洲整个的历史是分散的。古典时代,地中海沿岸有上千个城邦，它们的共名叫"希腊"，城邦之间也得结盟，互相打，最后实际上还是要做大。马其顿实现统一，打败波斯，然后复制波斯的制度。这充分说明帝国是大家要做的梦。亚历山大去世后，马其顿又分裂了，进入希腊化时代，罗马再统一起来。中国历史是合久必分，分久必合，但西方自罗马帝国灭亡之后再也合不起来了。

empire，"帝国"这个词，现在成了坏词。国家大，必然专制，压制个人，小才民主。还有些左派说它是殖民主义的概念，不能用，我不这么看。帝国处在国家形态演进的高端。我觉得用empire来描述中国，还是比较贴切的。好多事情，我们都得重新估价。比如希腊和波斯帝国，让西方人一讲，好像希腊多文明、波斯多野蛮似的，这完全是胡说。

中国人的"爱国"观念是自古就有的吗？

孔子周游列国，李零先生称他为"旅行家"，说他是宦游的代表，去各国"找工作"。春秋战国时代的人，似乎不在意是否服务于自己出生的"祖国"。那么忠于祖国的观念是怎么来的？和"大一统"有关系吗？

李零：战国时代，人的流动性比较强，"旅行家"很多，在国与国之间游说，相当于找工作。那时候各国都会任用一些外国人。有人离开自己出生的国家，但有可能是在母亲的家族所在的国家做事。不过，那时对国家的观念，和宋以来还是有区别的。比如忠和孝的问题，郭店楚简里讲得很清楚，我可以把国君（老板）开除了，国君也可以把我开除了，国君是可以换的，父母是不能换的，家是实在的，国是比较空的。《韩非子》里讲："奔车之上无仲尼，覆舟之下无伯夷。"乱世之中，人的道德约束是很脆弱的。

秦汉大一统，依然强调孝，也强调要为国尽忠。像李陵投降匈奴，道义上是要受责难的。而宋代以后，更强调人对于国家的义务，认为如果忠孝不能两全，则存忠去孝。

世界并不太平，未来会变好吗？

李零先生不是坐在书斋里，只盯着自己专业的学者。他看历史大势，也看天下大事。对当前纷乱不宁的世界，他有鲜明的态度。

李零：中东乱局告诉我们，再坏的中东也比美国以"民主"为名彻底搞乱的中东好，多少人都死在了他们制造的"人道灾难"下，每天每天，爆炸不断。

现在，我们的日子好多了，但还不够好。还有很多人过得非常非常惨，我们千万不要忘记他们，误以为自己已经加入主流社会，跟这些地区无关，跟这些灾难无关。

我相信，只要为世界松绑，世界肯定会好起来。没有军事围剿、没有经济制裁，任何国家都会好起来。

怎样踏上旅途，寻踪访古？

《我们的中国》写了"三大旅行家"——孔子、秦始皇、汉武帝。古人出游往往有目的，李零先生访古亦然，他的经验对于后辈不无裨益。

李零：如果是有目的的考察，事先要做功课。我自己出门的时候，尽量轻装。把地图上相关的几页和一些资料复印了，随身带着。一定要记日记，记录很重要，时间比较紧，有时候要不假思索地记下来。相机我用的是微单，现在不带大相机了,因为看博物馆需要速度,连说明标牌一起照下来,大相机调来调去,嫌费事。还有,我经常带一个小望远镜,看庙用的,寺庙的大梁上、屋脊当中,都是有字的。

(发表于《北京青年报·青阅读》B1版,2016年7月22日,

署名尚晓岚)

历史，送给姜鸣一份厚礼

姜鸣先生特别忙。

9月下旬，他从上海到北京，参加他的著作《中国近代海军史事编年（1860—1911）》的座谈会。紧跟着是周末，他一口气在三联韬奋书店海淀分店做了两场讲座，这中间还抽空跑到北京画院去看了即将闭幕的沙飞摄影展，也少不了和北京的朋友们聚谈……然而这个忙碌的周末，只是他的"副业"。他来北京是出差，参加国家集成电路产业投资基金年会，他是基金会的董事、上海国盛集团副总裁，金融证券、资本运营才是他的"正业"。

姜鸣说研究近代史是他的"个人爱好"。恐怕很少有人能像他一样，数十年为一个需要坐冷板凳的"爱好"，投入这么多业余时间；更少有人能凭借见缝插针的"业余研究"，完成史料丰富、专业性很强的《中国近代海军史事编年（1860—1911）》《龙旗飘扬的舰队——中国近代海军兴衰史》，同时还因《天公不语对枯棋》《秋风宝剑孤臣泪》等历史散文赢得了普通读者的心。

在新版《中国近代海军史事编年（1860—1911）》的座谈会现场，三联书店给姜鸣送了一束花，祝贺他刚刚度过的六十岁生日。姜鸣说一口带着南方味儿的普通话，语速很快，生机勃勃，充满自信。金黄色的花束放在他身旁，明丽而沉着。

六十年，对姜鸣个人而言，是丰富而充实的岁月，简直像容纳了好几种人生。他没当过知青，受到很好的大学教育，但求学时代又并非出了校门进校门那么简单。工人、教师、机关干部、国企高管，他的人生在截然不同的层面上相继转换。他这一辈人，从青春到壮年，与改革开放以来的历程完全同步，他们的工作、生活和思想道路，犹如时代的一个缩影。

姜鸣先生做历史，喜欢研究人，那么，如果我们追随他的脚步，能否窥见时代的，乃至历史的一角呢？

海军史和大飞机，一条贯穿的暗线

姜鸣的朋友圈里，除了历史方面的内容，还经常出现国产大飞机的消息。这不仅因为他是中国航发商用航空发动机公司和中航民用航空电子公司的董事,渊源要早得多,犹如"宿命的因缘"——四十年前,他是一名参加中国大飞机的起点"运十"研制的普通工人。

1976年,姜鸣中学毕业,进入5703厂(后更名上海飞机制造厂)的技校学习,接受了颇为严格的职业教育。两年后进入总装车间工作,他和师傅一起,亲手为"运十"02架装上了驾驶杆。1980年,他离厂上大学,后来"运十"下马,中国民航工业历经曲折……几十年过去,昔日的技校已经拆除,当年的厂房变成了美术馆。终于,今年5月5日,姜鸣目睹了C919成功首飞,"往事点点滴滴,宛如就在眼前。我和我的伙伴,是中国民机发展的见证人"。他感慨,也欣喜,5月5日当天就写下文章,"今年四五月间,好戏连连。天舟一号与天宫二号顺利对接,国产航母下水,大型水陆两栖飞机AG60029进行了首次地面滑行试验,中国先进制造业正在迸发出井喷的辉煌,向世界展现出巨大的生机和力量"。

"太阳正在冉冉升起。"不知为什么,这样的句子出自姜鸣笔下,就不大有那种报告文学式的空洞感,而是让人感受到他真挚的关切和自豪。"我们这一代人的家国情怀是不需要'灌输'的，希望国家强大、富裕，这是骨子里的。在很大程度上我关注着也参与着国家工业化的过程。社会上有很多人，不管是国企还是民企，都在脚踏实地地解决一个又一个问题，而不是在抱怨。抱怨无助于事情的解决。"他对《青阅读》记者说。

面向读者的讲座，姜鸣侃侃而谈。其中一讲的题目是"海军是大国兴衰的镜子"，他从刚刚参加的国家集成电路产业投资基金年会谈起，集成电路是中国大宗进口的商品。"你不投入就要买，你不做这个领域，就永远进不去。"姜鸣说，"中国芯"和"中国心"，都很重要。

从海军史、近代史的研究，到大飞机和"中国芯"，姜鸣的业余爱好和本职工作，或许并非全无关联，有一条暗线将两者贯穿——那就是中国的工业化进程。他说："一个个五年计划实际上也是持续不断的工业化过程，是工业化带来了农药、化肥、化学纤维等等，解决了吃饭穿衣问题。现在你可以看到，国家还在工业化的道路上继续向前走。"

和现实中一个个令人振奋的消息不同，姜鸣的历史研究，瞄准的是中国工业化、现代化的起点——晚清，一个最屈辱、最艰难的时代。

近代海军史,不仅是书斋里的学问

70年代末,成为"工人阶级"的一员是很不错的选择,工厂的师傅给姜鸣算过一笔细账,认为他上大学"不划算",姜鸣还是决定参加高考。身为上海人,首选自然是复旦,他报了历史系和经济系。两个专业他都喜欢,他说直到今天也没想明白为什么"鬼使神差"地将历史系写在了前面。作为备选,他也报考了北大,填专业的时候,把两个系的顺序颠倒了一下。

结果是第一志愿录取。1980年,姜鸣迈入复旦的校门,那时的历史系,有周谷城、谭其骧、杨宽诸公坐镇,金重远、朱维铮、姜义华等还是中青年骨干,而姜鸣很幸运地遇到了教授中国近代史的沈渭滨先生,从大二开始,就接受严格的学术训练,走上了治学之路。

"当时的近代史研究是按照专题来的,比如中日战争、中法战争、洋务运动等等,大家各吃各的饭。沈老师希望建立一个跨越性的近代军事史体系,纵向的有海军史、陆军史、空军史,横向的是军制、后勤、军事教育等不同领域。"姜鸣记得非常清楚,1981年11月18日晚,他应沈渭滨先生之邀参加了校内一个学术小组的活动，沈先生建议他选一个方向，共同研究中国近代军事史。

像很多男孩一样，姜鸣小时候也喜欢军舰、飞机、大炮，收集过舰船图片，做过船模，后来也曾因电影《甲午风云》的"撞沉吉野"而热血沸腾，也许是记忆在瞬间复活了，他选了海军史，此后，漫长的研究就源于这个有点偶然的承诺。

师生二人计划用十年时间写出一部高质量的海军史专著。在沈先生的指导下，姜鸣一头扎入史料的海洋，开始了细碎而艰辛的耕耘。那时大学的学习气氛浓郁，借阅古籍便利，但没条件复印，获取资料只能手抄。姜鸣至今保存着一份手抄的《北洋海军章程》，是他从图书馆借出，发动班上六位同学用一个晚上抄下来的。毕业后留校任教期间，除了上课开会、吃饭睡觉，他把所有的时间都献给图书馆，从早到晚，日复一日。离开复旦后，获取史料变得有难度了，姜鸣想办法解决，"一是利用各种资源借，二是有经济能力了就买，三是复印，四是后来可以网上检索了"。

沈渭滨先生给姜鸣定了规矩："从专题研究入手，先做大事记和资料长编。没有完成大事记和资料长编不写论文，没有完成一定数量和质量的专题论文不写专著。" 90年代初，姜鸣完成了《中国近代海军史事日志（1860—1911）》和《龙旗飘扬的舰队》的初稿，两书互为补充。前者是一部编年体史料集，增补了大量的记事和图片之后，即是如今的《中国近代海军史事编年（1860—1911）》，被业内视为研究近代海军史的必备工具书。后者则是严谨厚重的近代海军史专著，多次增订再版，经受住了时间的考验。

即使离校、转行，姜鸣还是实现了和恩师的约定。"沈老师组织了一批青年教师和学生一起来做军事史，到最后完成的，除了一个进入空军院校的同学，就只有我了。"

《中国近代海军史事编年（1860—1911）》的开篇有一句题词："本书献给为发展中国海军和海权不懈努力的人们。"回头去看，姜鸣研究近代海军史有偶然性，或许也有一种下意识的自觉。晚清海军是中国现代化举步维艰的一个缩影，甲午海战和《马关条约》的巨大伤口，注定了近代海军史是一部"痛史"。姜鸣认为，晚清海军以现代化军事改革来带动中国的工业、教育、港口建设、官制建设等各个领域的现代化，但遭遇了悲剧性的失败。

"研究近代海军史的过程，其实也是我对整个中国近代史乃至中国社会的思辨过程。中国近代海军从创建到失败的历史教训,总使我的心灵震颤不已。"姜鸣说,近代海军史既是一个纯粹的学术课题,同时又包含了许许多多人对中国遭受侵略的屈辱历史的铭记和反抗,以及在中华民族崛起的过程中,对国力增长的渴望。直到今天,也没有哪所高校开设专门的近代海军史的课程,但是它聚集起很多热情的民间研究者,而且出现了水平极高的"专业爱好者"。对于民族兴亡、现代化进程的自觉关切,意味着近代海军史不仅仅是"书斋里的学问",海军——是综合国力的体现,是现代化的一个标志。

千里海疆,百年沧桑。 2014年——甲午战争一百二十周年,《龙旗飘扬的舰队》推出"甲午增补本",姜鸣写了一篇后记。文中写道,站在辽宁舰的飞行甲板上,他不由得想起北洋水师,想起袁保龄修建旅顺口基地在黄金山炮台上写下的对联——

> 大海澜回,忆从前唐战辽征,往昔英雄垂信史;
> 高山天作,愿此后镐京丰水,中兴日月丽神州。

一个个人从史料中站起来了

1984年,姜鸣大学毕业,留校任教,学术道路平坦,将来可以预见,对此他并不满足。"平心而论,我以为自己是个能耐得住寂寞、能坐冷板凳、能吃苦做学问的人。但我又是个理想主义者,总有轰轰烈烈做番事业的雄心,总想多涉猎人生,以使有限的生命更丰富多彩。"一年后,他调离复旦,先在机关工作了七年,90年代去了国企,"一是想直接感受世纪交替之时社会的变化,以加深人生阅历;二是锻炼自己的从事经济工作的能力"。

离开高校,意味着历史变成了纯粹的爱好,意味着从学术规则中松绑,但繁忙的工作使姜鸣的研究只能在业余进行。他擅长利用时间,来北京出差,总是抽空去探访晚清的遗迹,气派的园林、破败的故居、消失的风景,他把有些胡同逛得比老北京还熟。他的写作,从学术专著转向历史散文,研究兴趣也过渡到晚清的政局与人物。1996年,他出版了《被调整的目光》, 2006年修订为《天公不语对枯棋》,2015年又推出《秋风宝剑孤臣泪》。

这两本散文集,运用丰富的图文史料,钩沉历史细节,实地走访,连缀历史与现实,考证扎实,感怀议论皆见分寸,行文流畅潇洒,在学术性和可读性之间获得了平衡。而且,和史学界比较忽视人物研究不同,姜鸣把注意力放在了"人"上,李鸿章、张佩纶、李鸿藻、张之洞、翁同龢、康有为、严复……晚清的关键人物在他笔下一一登场,新旧嬗变的复杂,现代化进程的艰难,令他感同身受。

采访姜鸣的时候能感觉到,他不爱讲"大道理",喜欢讲故事,谈起一百多年前的人和事,真的"如数家珍",津津有味:张佩纶怎样成了李鸿藻和李鸿章的联系人,翁同龢被罢免当天的微妙遭遇以及同一天康有为的行踪,第一代海军军官叶富的早逝与一位叛匪的"逆袭"……一个个历史细节被他的笔挖掘和汇拢。"不是什么洋务派、保守派,就是一个个具体的人。他们可能在政治观念、学术思想,在趣味上形成一个团体,可能在某个政治问题上走近、结盟,在另外一个事情上又敌对。"姜鸣说,"材料看得多了,一个个历史人物就在你面前站起来了,回过头来,就会理解他的思维逻辑和各种决策。"姜鸣相信:"人际关系是推动历史前进的巧妙的润滑剂,有时人与人的交往与重大决策有关。如果我们对历史人物之间的互动不关注、不了解,那就只剩了从奏札到奏札的硬邦邦的过程,实际上这个过程是人与人的关系。"

早年阅读的《万历十五年》《光荣与梦想》是姜鸣心仪的历史著作,"怎样写历史"是他关心的话题。他写过一篇介绍美国畅销历史作家塔奇曼的文章,标题叫"无法表达的历史一无是处"。他对自己的要求是,"用论文的规范写散文,用散文的笔法写论文"。姜鸣自信每一篇散文都可以改写成论文,事实上《男儿怀抱谁人知?——细说严复和吕耀斗的仕途之路》一文(收入《秋风宝剑孤臣泪》),他确实用论文的方式写过一遍,名为《严复任职天津水师学堂史实再证》,发表在《历史研究》上。

史料是研究的基础,档案、奏折、书信、日记、诗歌、国内外报刊、旧影像等等,姜鸣加以甄别选用。他有保留地看待当事人的回忆录,认为使用这类文字要慎重。还有,要合理选择研究题目,如果无法看到足够的档案和可靠史料,"花了半辈子去做的学问,可能被一个很简单的材料就推翻了"。

90年代,姜鸣写下《莫谈时事逞英雄——康有为"公车上书"的真相》一文,认为"公车上书"这一历史事件子虚乌有,是康有为出于政治目的杜撰的。这是他解读史料的心得，之后他就把这个题目丢开了，学界近些年来对康有为的热烈讨论，他并不关心。或许，治学方法、历史视野和现实经验，共同塑造了姜鸣的态度："后人应当设身处地地理解先人、再现先人，研究他们的思维逻辑、强点和弱点，以及这一切给历史带来的影响；而不是随心所欲地曲解先人、强奸先人，把他们当作表述自己观念的传声筒。这个观点自然算不得新潮，但真正以此指导学术，说真话，抒真情，不欺世，不欺己，却是很不容易的。"

进大学的时候，姜鸣曾立下志愿，无论生活发生什么变化，都不放弃历史专业。近四十年过去，他真的做到了。同时，对于在不同阶段从事的每项工作，他也全力投入，毫不含糊。他积极履行社会责任，同时也保有充足的个人空间，两者对于他显然不矛盾。

历史并非一视同仁，它赐予人们不同的礼物：有人获得智慧，有人堕入虚无，有人指点江山，有人寂寞自守，有人激扬奋发，有人怨恨难平……姜鸣收获的是什么呢？从他身上，最容易感受到的是清明的理智，务实的精神，或许还有一分对历史进程的感怀："不见得我的思考就一定对，我也没有方案，我也只是被历史裹挟着往前走的小人物。我们都被历史裹挟着往前走,但可能就是大家在一起努力,历史才会往前走。"

(发表于《北京青年报·青阅读》B1版,2017年10月27日,

署名尚晓岚)

扬之水：恋物，而不为物累

> 既以读书与写作为爱好，便是选择了一种认真切实追求完美的生活方式，付出的是全部心血，收获的是一生快乐，就投入与产出而言，实在是百分之百的赢家。
>
> ——扬之水

今人称女性为"先生"，多半是带着一种特别的敬意，比如"杨绛先生"。而在我心里，一直有个称呼是"扬之水先生"，但是当着她的面，听着她爽利的京腔，却说不出口，怕显得矫情，于是有时便以"赵老师"含糊过去。她的本名赵丽雅，联系着《读书》杂志的十载编辑生涯，当她越出知识界而为众多读者所知，已是精擅名物研究的扬之水先生。

棔柿楼，是扬之水先生的书斋名。东总布胡同一个矗立着西式小楼的院落，窗外的一株棔树，一株柿树，伴随着她漫长的读写时光。"日就月将，学有缉熙于光明"，《诗经》中这句话，她时时用以自勉。如今，《棔柿楼集》陆续出到十卷，她说，这套书是"全职读书十八年的一次自我总结"。

那些讲究反而是把自己束缚了

《棔柿楼集》是2013年，汪家明先生退休前还在人民美术出版社任社长时启动的，立意要做成扬之水著作中"迄今最好"的版本。各卷多为相关主题的文章合集，涉及《诗经》名物、唐宋家具、敦煌艺术、古代绘画、焚香饮茶等方方面面以及古人生活中的各种大小物件，年代从先秦到明清不一，只有《桑奇三塔》出了国境，是国内第一部细密考察这一印度早期佛教艺术遗存的著作。另有《中国古代金银首饰》《中国古代金银器》已列入计划，但扬之水先生说，还有许多增订工作未完成，出版尚需时日。

十本书摆在面前，从封面到内页，从内容到文字，都是极"雅"的。诗画中的舆服草木、花瓶中的一枝清采、焚香时的袅袅烟云、烹茶时的缕缕清香，古人的日常所用之物，被时光的长河淘洗出异样的光彩，在今天被许多人艳羡追慕，"传统文化"似乎也终于有了一个踏实的落脚之处。于是，落笔皆风雅，成为许多读者对扬之水著作的第一印象。谈及此，她面露笑容："大家看我的书，老是说古人穿的戴的有多漂亮，宋人生活多么优雅，实际上我的出发点根本不在这儿。"

她研究的出发点，自90年代中期从国家博物馆的孙机先生问学，就已确立了。"我跟老师学习，最大的收获是他教我发现问题、解决问题。一开始他就和我说，文章一定要能发现和解决问题再写，否则就不用写。对我来说，这是最低标准也是最高标准。上升到理论我做不到，我只能解决具体问题，一个东西叫什么名字，怎么用，它的始末源流是怎样的。我的文章都是这样的，发现了新问题，或者别人没说清楚的、说错了的，我才去写。"跟着问题走，为解决问题而做研究，决定了她的文章都有很强的内在针对性或开创性。比如她关于金银首饰的专题研究，"之前我老师写《明代的束发冠、鬏髻与头面》，是奠定基础的第一锹土，我还得在上面盖房子。我研究古代的香，也是因为没人谈这个，最初还有人不明白，问我是不是信佛。写茶，是因为觉得宋人煎茶和点茶的区别，还没有说清楚。我研究的出发点是发现问题和解决问题，这个大伙儿好像没注意到"。

如果把扬之水先生想象成一个在椿柿楼中焚香品茗赏花的读书人，实属会错了意。见过她的人多半会察觉，她的衣着极为朴素，日常生活更是和"精致""风雅"不沾边。家里倒也不时有人送香、送花、送佛手，好意她自然是心领的,但是,"哪有时间拾掇这些啊"。一说这个她就笑了,"人家老问我写作时焚香吗?我哪有工夫焚香啊,喝茶也是沏一大杯子咕嘟咕嘟就进去了。那些讲究反而是把自己束缚了"。她永远觉得"没时间",做研究"所有时间都投入也不够",从早到晚,日复一日,她的生活就是读书、写作、到各地看展览,唯一的娱乐是"写大字",一手娟丽的簪花小楷,人见人爱。

不过她确乎是"恋物"的。在一篇谈张爱玲的文章里,她说,"不过以我的'物恋'之深,却无论如何造不出张爱玲那样的句子。大约一种物恋是用来丰富人生,另一种是打捞历史"。她读《金瓶梅》读《红楼梦》读诗词,总是被其中的各种物件吸引,这是天然的兴趣。她会把自己的"物恋"追溯到童年——攒手绢,攒糖纸,到东安市场买珠花,摆弄各种小物件。从四岁到十二岁,她和外公外婆生活,家境优越,外公的工资很高,外婆的生活很悠闲,想要什么都能得到,反而让她对物质享受不以为意。"那八年对我挺有影响的,享乐不过如此,足够了。"

童年时快乐富足的种子埋在她的性情里,恋物,却不求拥有,爱物,但不为物累。她过手无数文物,却无意收藏,她买书成瘾,但"一切只为使用的方便",品赏把玩式的藏书,她说自己"永远不能及"。她也买过宝石,还给自己弄了一个"百宝箱","我研究首饰,就是想看看这些东西是怎么回事,另外也找找杜十娘的感觉。不是说一个东西我非要有,要是让我送人,那也没什么舍不得的"。

扬之水先生的幸福童年结束于"文革"爆发,之后,她到北京房山插队,返城工作,换了几家单位,其中1986年至1996年在《读书》杂志的编辑生涯至关重要。她没能受到系统的学校教育,高考过了分数线,却阴错阳差没能上大学。她当然是自幼爱读书的,以曹雪芹为代表的古典系列,以浩然为代表的红色系列,是她阅读的底色,"后者的影响至于70年代,前者的影响则恐怕是一生"。即使在没书读的年代里,她也有一本"随便翻开任何一页都有兴趣看下去的书",那就是《新华字典》,她感激这本书让她在后来的日子里很少在读音上犯错。她说:"一般说我是初中程度,我实际上是高小毕业,四年级水平,五年级上半学期'文革'就开始了,之后什么都没学。我们'70届'是最倒霉的,现在的学者里你去看,很少有'70届'的。"谈起"倒霉"的日子,她并无怨艾之情,她把自己的经历,视为一代人的共同命运。人所乐道的她返城后在王府井果品商店工作的"传奇",她早就听腻了,觉得一代人都是如此,自己毫无特别之处。她说,无论什么样的经历,都是人生的财富。

但她毕竟是特别的。读书研学之人很多,但强烈的兴趣、惊人的勤奋、投入的状态和持之以恒的毅力,绝非人人具备。

90年代中期,她受到《万历十五年》的启发,想依托《金瓶梅》里丰富的社会生活,写写"崇祯十六年",结果"书里好多东西都不知道说的是什么"。她向王世襄先生请教,经王先生介绍拜入孙机先生门下。1996年,她调入中国社科院文学所,学者之路正式开启。

未能专注的"文心文事"

扬之水研究的是"名物学"。这是先秦时代即已诞生、绵延不绝的传统学科,因近代考古学的兴起而渐趋式微。不过,王国维"二重证据法"的提出,意味着恰恰可以利用考古学成果为名物研究注入新的活力。沈从文先生第一个提出"名物新证"的概念,倡导结合文献和文物来研究古代名著。扬之水入门之初，孙机先生推荐的"名物新证"范本，即是沈从文有关《红楼梦》的一篇文章，通过考证妙玉的两只茶杯的名称与内涵，揭示出器物之暗喻和曹雪芹的文字机锋。她深为折服，并选择了"诗经名物新证"作为自己的第一个课题，这也恰是沈从文在60年代初就提出过的。

在研究实践中，她关于"名物新证"的思路日益清晰：采纳考古学带来的新的认知与科学分析方法，"研究与典章制度风俗习惯有关的各种器物的名称和用途。它所要解决的第一是定名。第二是相知"。所谓"定名"，是指面对传世或出土的文物，依据各种古代文字和图像资料，确定其原有的名称；所谓"相知"，是指在定名的基础上进一步明确器物在当时的用途和功能。"定名"绝非易事。"你问我一件文物叫什么名字？我回答了，好像很简单。但是你不了解，我能知道它叫什么，包含了多少辛苦在里面。"扬之水先生说。

"定名"与"相知"，同时意味着对古代器物的溯源辨流，揭示其名称形制功用的演变过程。很自然，如果"名物新证"的视野进一步扩大，就会指向更为广阔的历史和社会生活。不过，除了贴近历史，扬之水先生始终念念于心的，还有文学。她的理想是："用名物学建构一个新的叙事系统,此中包含着文学、历史、文物、考古等学科的打通,一面是在社会生活史的背景下对'物'推源溯流,一面是抉发'物'中折射出来的文心文事。"

从诗文中的"物"入手来理解文学,是她长久以来的心愿,《金瓶梅》、《红楼梦》、李商隐,都是她钟爱的题目。不过跟着问题走的研究方式,或许让她始终无法专注于此,写过一些专栏也都中断了。比如给《书城》杂志的一组"看图说话记",是给"中国古典文学基本丛书"的笺注挑错的,"笺注做得很好,但是一碰到诗词中的'物',很多都错了,或者是讲不出所以然。古人写的到底是什么东西?看看文物就知道了"。另外,她在《文史知识》上发表了几篇谈《金瓶梅》的文章,自己并不满意,"离我的期望值很远。我原来想这是我很心爱的一个题目,想写得能超越自己,但没做到。过去写金银首饰,已经把能写的材料用得差不多了,现在从文学角度写,还是有重复自己的地方。我不喜欢重复自己,想要超越自己又很难,所以就停下了"。

尽量避免重复,是她对自己的要求。"我愿意做别人没做的事,这还做不过来呢。永远有新的东西吸引我,我连自己都懒得重复,重复别人就更不愿意了。孙机先生老说我有洁癖,就连别人用过的材料,我都不愿意用,恨不得都是我第一个用才好——其实是避不开的,但我还是尽量自己发现点材料比较好。"

"就喜欢和别人不一样的东西",这在情理之中,不过不知为什么,她不信任自己的文学感受力。"我觉得自己对诗的艺术性的感受力是比较差的,得努力去开掘。鉴赏诗词还得有理论修养,我对理论又不感兴趣。当年在《读书》的时候,黑格尔的《美学》等等,都通读了一遍,看完以后跟没看一样,一点感觉都没有。但是我对诗和小说里写到的东西就特别感兴趣,我想我还是扬长避短吧。"

其实,扬之水先生有两本无关名物、非常"文学"的书。《诗经别裁》是在《诗经名物新证》完稿后,继续阐发《诗经》的文学意蕴。《先秦诗文史》则除《诗经》之外,还论及《尚书》、《左传》、诸子、《山海经》、《楚辞》等等,她称之为"读书笔记"。《先秦诗文史》自成一格,谈文学史很少有人提及,在她的著作中最不受关注,然而它的历史脉络清晰,对作品风格概括精当,每章也有严整统一的结构,吴小如先生评价说:"基本上做到义理、考据、辞章三者兼而有之。故'夫人不言,言必有中'。"特别令人难忘的,是她一支沉静的笔，贴着作品细细体味描摹其中暗藏的曲折，复以雅洁的文字道破奥妙："《左传》用了预言来做成文字的魔方：从史的角度看，它是因和果，它是鉴戒与教训；从文的角度看，它是伏笔，它是叙事的前后呼应。""《论语》多短章而总是气韵生动，《孟子》多长章而每有意趣，《荀子》在中心议题之下结构文辞，努力于图案式的整齐，珠玉之，黼黻之，灿灿然变化其文而绝不出规矩，但重重叠叠间却终少奇致……"《先秦诗文史》的识见与文辞俱美，正是"文学"的题中应有之义。

莫辜负博物馆发展的时代

近些年，扬之水先生把大量时间交给了博物馆。2月份采访见面时，她刚从旅顺博物馆看完清代孙温的《红楼梦》图册回京，很快又要去长沙看外销银器展，接着还有成都、杭州……"一个月里就得跑两三趟。北京的展览更别说了，都得看。"她去了很多国家，都是直奔博物馆，"大英博物馆、艾尔米塔什博物馆都是守在旁边住了一星期，天天看。美国是从西到东，重要博物馆都去了，听说有个大峡谷，根本没见过"。

"我们不能辜负这个时代。现在中国的博物馆事业这么好，免费，而且最大的好处是可以拍照。国外就不是这样。"扬之水由衷地说，"博物馆给我们提供了解决问题的便利，能看到东西，一下就明白了。清代学者做过那么多考证，但是见不到实物，画出图来就不是那么回事，要不，他们能解决多少问题啊！"

她给文物定名，反过来也服务于博物馆。文博界对她的研究越来越重视，有的展览直接摘引她书中的内容，作为展品说明。她还会给博物馆提建议，"现在大家办展览，比较重视历史线索，对文学还没注意到呢。我就建议用古诗词里提到的文物做展览，这样，老师也可以领着学生去看，古诗词里看不懂的，去博物馆看看不就行了嘛"。

扬之水先生说，她逛博物馆看的不是"展览"，而是"东西"。她直奔近期研究的题目，是为了解决眼前的问题，其他文物挨个拍照，留作资料。比如，去年她看的展品以明清为主，为的是撰写"国家博物馆馆藏文物大系"里的"杂项"卷。从去年年底到春节期间，她停止一切活动，包括唯一的娱乐"写大字"，"所有的材料都在手边，一个多月写了四万六千字",终于要收尾了。

然而,她手头的工作永远做不完。"杂项"弄完了,她打算继续通读《汉语大词典》,完成配图工作。《汉语大词典》修订,原本是请她审读图片,但是她觉得原来的配图不行,最终是自己从头来。"我想先把这个弄完,再去写金银器。"另外,她还打算和一位编辑合作,为2018年的《每日读诗》日历配上文物图片。

为什么扬之水先生会接下这些琐细的配图工作?都是为了新的"名物辞典"。她说:"做一部辞典太难了,我想以我一人之力,一辈子也做不出来,现在可以用我看到的东西,研究的成果,先打个基础。将来有这么一部辞典,大家就能够方便地查阅,还可以利用新材料,不断地修订刷新。"

一套含蓄妥帖的书

读书、写作、看文物,从不衰减的热情和勤奋,却仿佛披了一件沉静的外衣,一如这套《棕柿楼集》。"迄今最好"版本的目标,也是由内而外,从内容到装帧的全面追求。责任编辑王铁英女士说,扬之水是一位"负责、较真又体贴"

的作者。她修订整理了所有文字，并核校文献、补充新材料，甚至根据新材料重写。出版过程中若有改动，她常常算好字数和位置，一一标在样稿上，尽量减少重新排版的工作。如果编辑发现了某个错字或某处疏漏，她会"高兴得不得了"。

《棔柿楼集》由宁成春先生和人民美术出版社的鲁明静负责设计，他们和汪家明、王铁英一起琢磨确立了整套书的设计思路。"最初我们也尝试过图文混排。但是汪老师提出了'图不害文、文不害图'的原则，要求文章不被图片割裂，图片能充分展示书中的器物纹样，同时图文搭配，相互参照。最终我们确立了网格排版的设计方针，这就像建立一个王国，制定了法典。"鲁明静说。《棔柿楼集》做得很漂亮，从封面到浅灰色环衬、带有灰色图案的前页、扉页、目次页逐渐过渡，内页印刷正文是90%黑，注释是80%黑，全书形成黑白灰的节奏关系。封面图案微微压凹，貌似采用了古书的插图，其实是宁成春先生手绘的，书名也是他参照明刻本手写的。每卷的最后，都有一幅小小的拉页，多为扬之水先生精美的小楷手迹，是"给读者的礼物"。《棔柿楼集》从里到外在细节上见功夫。"想给人的感觉是，它就在那儿。"鲁明静说。一套细致妥帖、内蕴精华的书,想来也是和作者的研究路径、文字气质相得益彰的。

和扬之水先生见面的时候,东总布胡同的小院还残留着冬的萧索,如今春和景明,花朵树木和邻居们种的蔬菜,又将给这个高楼大厦包围中的"孤岛"带来缕缕生机。院落中那棵椿树,已经走到它的岁月尽头,不能再点染夏日的宁静,然而那粉红色的花的精魂,仍将和"椿柿楼"一起,照拂着主人的寸寸光阴。简单生活,专心治学,一切都是那么充实明朗。

(发表于《北京青年报·青阅读》B1 版,2017 年 3 月 17 日,

署名尚晓岚)

边芹:"西方文明",
不像你想的那么"文明"

边芹曾常年旅居法国。2005年,她的第一本著作《一面沿途漫步的镜子》出版,备受好评,然而,某些读者似乎未曾觉察这本优美的"法国文化随笔"之下暗藏的潜流。此后,随着专栏文章的发表和《谁在导演世界》《被颠覆的文明:我们怎么会落到这一步》的出版,潜流澎湃而出,边芹致力于揭示西方构建"中国话语"的娴熟机制,文章中时有政论式的风雷之声。

今年3月,东方出版社推出了边芹的新作《文明的变迁:巴黎1896·寻找李鸿章》。1896年,李鸿章代表清政府出访,巴黎是重要的一站。一百多年后,边芹根据当时报刊记载和已解密的官方档案,一一细访李鸿章所到之处,文明的变迁,就在两个中国人相隔百年的足迹之中。边芹说:"这本书的重点不是解读中国,而是想透过李鸿章的西游,让读者感受19世纪工业文明与古老农业文明在一个已经完成第一次工业革命的大都市的碰撞。"

历史的叙述意味着现实的激情。边芹为重新认识西方打开了一扇窗,她呈现的风景,与我们习见的迥异。

对 19 世纪的再认识带来翻天覆地的影响

《青阅读》:首先请教您的新书《文明的变迁:巴黎1896·寻找李鸿章》的写作缘起。您是怎样注意到了李鸿章的法国之行?

边芹:早在写作《一面沿途漫步的镜子》一书时,由于大量阅读,触碰到西方的 19 世纪,这种触碰要比从前在国内泛泛了解世界史深入而细致。由此发觉那个世纪不同一般,至今牵制人类命运的资本战车及其目标"全球化"就是从那时全面启动的,其大规模的工业化和社会变革与今天的中国有着很多相似的轨迹。今天世界的大变革都能到那个世纪找到导火索,包括为衬托工业化的"西方"而找到的对立面"东方"(农业社会)这些前定了我们思维的概念。对 19 世纪的再认识,对我有点翻天覆地的影响。

为什么这么说呢?因为 19 世纪于我们是一个致命的世

纪，是这个世纪开启了中华文明前所未有的内在崩溃。千百年来不管多少武力强悍的异族入主中原，中华文明从未失去其文化自信，然而19世纪同样是武力征服，且并没有被全面军事占领，却动摇了不可动摇的根基，令我们至今生活在那个断层上。直到20世纪80、90年代甚至直至今天，我们依然在用文明的对比这一被引入的歧路归结中国的"落后"和西方的"先进"，然后得出"显而易见"的结论。这一被引入的歧路在长时间里和大范围内锁定了我的思维轨道，直到我利用旅居之便，接触到第一手资料，得以绕开舆论先导，绕开他们专门为我们进行的解释，深入早已被过滤掉的细节，进入转换后丢失的场景，才茅塞顿开，发现了西方的理论家们一直避免向后进国家提示的"要点"，即"先进"的西方与"落后"的中国之间真正的决定因素，不是文明的差异，而是大资本与工业化。你只要深入19世纪大工业热潮中的法国，这一真相扑面而来，是工业化改变了一切，从无到有创造了一切。工业文明有别于人类任何一种古典文明，将工业社会与农业社会对比，并由此总结文明的差异，进而引入民主与专制的对立，是一种蓄意误导，差不多就是让人沉疴不起而开具的假药方。

此一发现还伴随着另一发现,即从19世纪开始在西方形成了至今并未有根本改变的"中国话语"——针对中国的话语。此一话语正是从那个世纪起始,一改18世纪之前的话语,产生了它的固定模式,我称之为"征服模式",从此怀疑、否定、蔑视、敌对甚至暗中构陷成为难变的底蕴。此一话语构成了从精神层面主导、诱导中国大量文化精英的"国际舆论",在军事战场之外开辟了另一征服战场。

这两大发现如果合在一起看,实际上是同一个大进程呈现出的两面,这个"大进程"就是当时名词本身尚未被设计出来的"全球化",资本要闯入全球每一个有利可图的角落。从这个视角出发,19世纪与今天便连成了一条线。李鸿章在19世纪末的那次西游,也就超出了中西关系狭窄的两点,而露出了掩藏其下的棋盘、棋子和棋局。这是我关注李鸿章西游的大背景。当然还有一些偶然因素,比如在巴黎旧书报摊意外瞥见一张1896年7月26日星期天的《小日报》头版,上面是一幅李鸿章的肖像画,下书"法国的客人——中国特使藩王李鸿章"。

这些必然和偶然因素,让我觉得如果能透过西方的"中国话语"解读19世纪中国对西方的第一次正式官方访问

（1866年清廷派出过一个考察团赴欧，虽然也是官派，但名义上是民间非正式访问），尤其参与者还是李鸿章，对国人思考我说的那两大发现，意义自不同寻常。细读这本书就会体察我在追溯李特使旅法足迹时，对一些重点事件和地点的记述，都尽可能还原19世纪的氛围，让对近代史感兴趣的读者去体味史书上没有的细节，进而思考19世纪的中国为什么会落到那一步。

当然，我的目的并不是做史，尽管书中有关李的行旅每一个细节都有出处，并不敢添加想象。我更愿意读者把它当作一本追踪寻迹的文学随笔，那样，可以更放松地跟着我的追索去体味翻天搅地的19世纪。

《青阅读》：您的书不仅追溯了李鸿章的足迹，也呈现出巴黎的百年变迁。今昔对照，在寻访的过程中，您最深切的感受是什么？

边芹：我最深切的感受就是殖民大帝国收回到原有疆界的速度，以及弱者的报复。今天中国旅游者看到的漂亮法国，大半是通过殖民掠夺和工业化迅速暴富而留下的遗产，全世界搜刮来的金银财宝加上那时尚存的手工留下了细节的奢靡，后来的世纪已经很难做到。单看看巴黎的大博物馆里有几件宝物是自家地下挖出来的，就心中有数了。

但如果你把两百年的历史铺展开来看，那惊涛拍岸的征服也带来了回水倒流，几乎每块被征服的大陆或多或少都抛回了一点贫困和卑贱，几乎每个大城市边缘的政府廉租房都挤满了遥远征服地的移民，他们做着法国人不愿做的活儿，住在优雅市中心和田园乡村之间的丑陋地段，大量地生育以领取政府为推迟老年化社会而发放的生育补助金。工业化和消费社会虽然提供了充裕的物质生活，但也以飞快的速度拆毁着保证一个文明绵延的内在机制，这非常可怕，那种社会机体在歌舞升平中的自解，就在你眼皮底下发生。

欧洲从文明的角度而言，确实在急剧地衰老

《青阅读》：在新书中，您谈到了"在奢华中迅速衰老的欧洲"。这些年来，法国固然仍令人追慕，但是国内也出现了一些唱衰法国、唱衰欧洲乃至唱衰整个西方世界的声音（比如对西方民主的不信任，对"白左"的嘲讽等等），对此您有何评价?

边芹：我个人认为，用"唱衰"这个词带了些许贬义，不如说是事物复归原位，真相浮出水面，虚构的价值泡沫正在一点点被挤掉。对西方民主不信任，是因为实地去看的人发现那远远不是我们以为的民主，而应称之为民主的幻觉。当然，能把幻觉做得百姓当真、世人皆慕，也是了不起的大手笔，在这点上我由衷佩服西方的上层精英。

欧洲从文明的角度而言，确实在急剧地衰老。美国《时代周刊》大约十年前曾发过一篇文章，大意是"法国文化已死"，当时在法国知识界引起了歇斯底里式的反应。我作为局外人，客观来讲有同感。其实，不光法国，西方文化整体都在堕落。原因诸多，其中资本垄断致使文化"低俗化""幼童化"，"政治正确"一统天下，生育不足致低素质人口增长快，是主要症结。资本说到底就是靠让百姓变得更蠢来统治的。中国才搞了三十年市场经济，你看如今文化变得多媚多俗，就知道了。人家已搞了两百年，能保持到这份上，就不错了。我在书中说"文明越走越灿烂是痴人说梦"，就是这个道理。文化整体陷落，产生英杰的温床便不复存在,也没有吸收的土壤了。

我们在20世纪仰慕的西方,正是19世纪工业化的辉煌和短暂摆脱一神教的精神桎梏催生的历史巅峰,这个巅峰还有一个烘托的基础,就是剩下的世界之文明文化被打翻在地,一个上升一个下坠,将19世纪以前相对均衡的世界打碎了,由此产生了必要的敬慕和不切实际的崇拜。这种状态不可能永久维持,何况"巅峰"上的人自己作茧自缚。讴歌"原始文化""保护少数族群",让音乐、舞蹈落到何等原始地步?"当代艺术"又让美术堕落几何?所有旨在摧毁国家的暗手并没有提升文化。法国精神领域的"独立和自由"还剩多少幻影?"政治正确"的阴影笼罩着几乎每一个文化领域。仅以我最熟悉的电影为例,除了脱衣尺度这一看得见的自由,体制的控制无孔不入,对会看的眼睛,就是一切政治挂帅。这种"政治挂帅"与我们中国人理解的直接喊口号很不一样,这里的"体制"也不是政府,控制更不是明的,而是暗的,深含技巧。戛纳电影节的"金棕榈"几乎成了政治斗争的工具、全球征服的武器。我们中国人想想都会奇怪,一个"民间、私营、独立于政权"的文化组织为什么带有如此使命?百万法国民众上街强烈反对同性恋婚姻合法,电影节就马上捧出一部同性恋电影给予其最高荣誉；伊朗被制裁，电影节就成了其反政府"艺术家"的大本营；为了推翻叙利亚政权，再没有水平的电影都可以"破格"入围……无论在法国国内还是国外，最高艺术甄选标准是政治这条暗线，这就埋没了多少真才，又捧出了多少虚名！什么样的文化经得起这样的暗手长久折腾？

《青阅读》：欧洲目前确实问题重重。欧洲文明自身似乎也走到了一个焦灼的关口。您认为欧洲文明有渡过难关、自我修复的能力吗？

边芹：先来确定一个概念，我个人以为您所提的"欧洲文明"范围不好界定，我理解您指的是西欧这一片，也就是近代最早经历工业革命、殖民扩张的国家。为避免概念纠缠，还是用"西方文明"界限较明晰，这是他们自圈的概念。

"西方文明"的崛起，有一个本质的因素，就是紧紧伴随着军事的强大，也就是说不是发展出来的，而是打出来的。这与我们有很大不同，中华文明在漫长历史上傲视东方并非靠军事摧毁对手，而是靠发达的农耕和手工业。工业化彻底结束了冷兵器时代的力量对比，使得西欧这几个历史上好战的小国打遍天下无敌手，以古典时代不可思议的速度通过殖民主义迅速占领和控制全球资源和市场，建立起史所未见的庞大帝国，要知道，英、法帝国的边界一度都与中国接壤。所以"西方文明"在近现代傲视群雄，有两大因素是不可回避的：一是殖民主义，二是工业革命。这两大因素的前提条件，就是军事上可以事先摧毁对手，以利自己巧取豪夺。

历史即便不被表述，也已经摆在那里，正是通过殖民掠夺和工业化，欧洲快速积累起巨额财富，后来让全世界其他文明都产生自卑感的"西方文明"就是在财富的堆积上建立起来的。但如果军事上不再能指哪打哪事先削弱或摧毁对手，"西方文明"在逆势的时候会如何表现，历史还没有证明过。这与中华文明能在逆势中涅槃的历史很难比较。过去西方也出现过类似危机，他们的解决方式就是战争，对外战争是西方解决内部问题的一个捷径。今天西方面临的危机还不仅仅产生于自身，也有来自外部的挑战。他们正在失去工业革命的绝对引领地位，中国这个在19世纪被他们打垮的苦难国家艰苦卓绝地弯道超车，令他们一手经营的不公平世界之种种便利不再那么理所当然，这是他们始料未及的。我还真有点怀疑，西方一旦失去其压人一头的强势地位，是否有自我修复的能力以及长久维持文化霸权的可能。

西方的话语权由一种完美的技巧构成

《青阅读》：您的几本著作致力于揭示西方文明隐藏的话语运作机制，痛感中国人普遍丧失了"审美权、道义权、历史解释权"而不自知。您是怎样关注到这一问题的？和您在法国的生活经验有关吗？比如说，2008年的几件大事唤醒了很多中国人的民族意识，对您而言呢？

边芹：2008年只是出现强烈拐点的一年，但精神准备要远远早于这一年。西方社会的实质有点像西方人的本质，收藏极深，然后通过层层包裹呈现出想让你看的那一面，比如比你强盛，他先说是因为基督站在他们一边，后来又说是得自古希腊便有的民主自由。你读19世纪的书报便会发现，当时"民主"这个词并不像如今这般时时挂在嘴上，那时主要强调基督教战无不胜和种族优越，比现在直白。

在西方长期旅居或定居的中国人，或早或晚会面临一个选择，即你在哪一边。并没有人公开来逼你，但整个社会根深蒂固的反华、排华会将中国人送到三个阵营里。最广大的一群我称之为"利己派"，他们不去听、拒绝看，全部的精力都用于为自己奋斗，无所谓西方人怎么对其母国，只为狭处求生存。第二群人我称之"融入派"，这群人的行事特点就是"你们不是讨厌中国吗？那我比你们更讨厌中国""你们打中国一个嘴巴，我就打三个嘴巴"。唯有这样，方可安生。这话一点都不夸张，要么麻木，要么"比你还……"。不这么做就得落入第三群人——"压抑派"，这群人的特点就是为其良心所累而长期处于精神抑郁中，敏感的人甚至会有时时被铁烙的痛楚。这就是2010年前的现实，后来情况有所好转，但基本现实很难根本扭转。在这样的处境里，你只能在这三个阵营里选择一个，甚至都谈不上选择，而是随着自己的本性走，能麻木的，会过得心安一点；能"比你还……"的，就融入了；心思转不过来的，就只能痛定思痛了。我就是在痛定思痛中，得以绕开西方预设的话语，去阅读、观察、思考，进而有所发现的。

《青阅读》："二战"以后，西方文化界、学术界逐渐出现一种"反西方中心"的倾向,您怎样看待在西方内部兴起的"反西方中心论"?

边芹:这是为大目标"全球化"做的舆论准备的一部分。早在"二战"刚打完,"世界统治集团"就已经策划解构实体的殖民帝国,因为难以为继、成本太高,尤其是道义成本。新形式的"经济殖民""精神殖民"收益大而成本小,已经无须19世纪的军事入侵和占领。看看现今的中国就一目了然了,30年代哪怕租界遍地的上海,你能找到一个染金发取洋名的人吗?现在的"西方中心论"根本无须那头公开挂牌,这头已能自产自销了。

《青阅读》:中国需要在世界上建立自己的话语权。那么,如果我们需要和西方争夺"审美权、道义权、历史解释权",您认为应该采用什么样的方式方法呢?

边芹:说实话,这问题不好答。一方面,西方的话语权从某种意义上说是由一种完美的技巧构成的。我们要构建自己的话语权,首先得参透西方的话语技巧,因为这是一个没有硝烟的战场。比如我发现的电影的"细节接力",就是战技之一。所谓电影的细节接力就是利用画面对人潜意识的影响,反反复复地用同类细节进行精神移变。由于细节并非一部电影的主题,甚至也游离于情节之外,可以是一句看似不经意的话,或偶然提及的名词,也可以是一个道具,或某类人的形象、某种场景的氛围,但如果这些细节被有意识地长期植入各种电影的画面中,所暗中形成的"接力"便能在受众不知不觉中对其潜意识实施控制。应该承认,西方对人的心理研究超前于我们,我们没有将此作为战略目标,像对导弹、卫星那样投入大量人力物力。而西方的真正统治者(并非政府内阁)深藏幕后,知道"温柔的独裁"和"话语统治"才是现今和未来世界的统治利器,早在上世纪上半叶就已全力投入研究。这三十多年,以人类学、心理学等学科名义走遍中国城镇乡村甚至穷乡僻壤的西方某类学者,多半是在从事这方面的情报收集工作。在软实力方面,我们与西方的力量对比,还处于19世纪长矛大刀对火炮军舰的不对等状态。如果不迎头赶上,要构建我们自己的话语权,也只能是一厢情愿。

另一方面,我们的精英层如果不能自悟"审美权、道义权和历史解释权"是如何在无知无觉中被易手的,又怎么来"重新夺回"?我们是自愿把这三大权力拱手送给奥斯卡、金棕榈、金熊,送给诺贝尔、格莱美,送给汉学家……谦虚不等于丢掉自信。我最近偶然看到浙江某电视台拍摄的纪录片《南宋》,在分析南宋历史时,此片以世所罕见的"公允"将历史解释权分到四拨专家手里:德、日、美、中。中国史学家未受到一丝一毫的"偏袒",不是为"主",而是其中不多不少的一分子。尽管纪录片并未对立中西专家的观点,但这么做明显是在告诉观者,中国宋朝历史自家学者的观点也不足为信,必须有外国(西方)专家来证言。试想法国人拍一部解释拿破仑战争的纪录片会请中国史学家插嘴吗?所以首先必须自省、自悟。

(发表于《北京青年报·青阅读》B1版,2017年6月9日,

署名尚晓岚)

堀田善卫：
拷问历史刻写《时间》

> 曾有一位日本作家，以第一人称日记体写了一部揭示南京大屠杀之暴虐的小说。他笔下的"我"是一个中国人，一个南京大屠杀的受害者。
>
> ——题记

昨天，南京上空再度鸣响警报，全城默哀，以纪念八十一年前大屠杀中的遇难同胞。

让我们把目光投向历史深处，暂停于一个细微时刻。1945年5月的一天，两个年轻的日本人登上了南京的城墙——堀田善卫和武田泰淳。在之后的数年里，他们将步入文坛，反思战争，扛起日本"战后派文学"的旗帜。

堀田善卫被夕阳下的紫金山震撼了，那是一种"令人感到毛骨悚然的美"，写作的念头就此埋下。1955年，他的长篇小说《时间》出版，采用第一人称日记体，主人公"陈英谛"是南京大屠杀蒙难者，亲历了日军屠城，妻儿惨死，自己侥幸从尸山血海中捡回一命。堀田善卫选择了一个中国人、一个大屠杀被害者的视角，见证日军的暴虐，叩问战争和历史，人性与生死。

堀田善卫（1918—1998）是日本战后最重要的作家和知识分子之一。《时间》和他那些以中国为背景的小说，孤岛一般矗立在战后汹涌的时间之流中，挑战着人们的思考能力，中日皆然。今年7月，《时间》的中译本出版；也是今年夏天，《世界文学》杂志第3期刊登了他以朝鲜战争爆发为背景、获得芥川奖的中篇《广场的孤独》。目前国内读者能读到的堀田善卫的小说仅有这两种。

今年11月下旬，这两部小说的译者、北京外国语大学的秦刚教授前往堀田善卫的家乡——日本富山县参加堀田善卫百年诞辰纪念展览，在高志之国文学馆，他做了题为"堀田善卫与上海"的演讲。

在中国一年零九个月的经历是堀田善卫一生重要的转折点。是什么让他站在独特的位置上，来刻写中日历史上那一个个必须被铭记、被追问、被思考的"时间"？他所提出的"中日两国'心与心'的问题"能够得到妥善解决吗？秦刚教授向《青阅读》记者一一道来。

大屠杀
《时间》的写作参考了东京审判的相关记录

《青阅读》：1945年5月的南京之行，是堀田善卫后来写《时间》的直接动因。那时，他已经了解到南京大屠杀的惨况了吗？

秦刚：那一时期堀田善卫对南京大屠杀的了解也许不会很详细，但他一定隐约嗅到了味道。从1945年8月在上海发行的一本日文刊物里，我找到了他的一篇佚文《上海·南京》，应该是1945年6月他从南京旅行回来不久写的。这篇文章里已经体现出堀田很多战后思考的端倪，和同一刊物里刊发的其他驻上海的日本媒体人的文章很不一样，他集中思考的是"人"的问题——人到底是什么？

日本投降后，堀田被国民党中央宣传部对日文化工作委员会留用，直到1946年底回国。他参与编辑的日文刊物《新生》，是一本对在华日侨进行战后民主教育的刊物，他的工作内容之一是把中文报刊上重要的报道或评论译成日文。同类媒体还有《改造日报》和《改造评论》等。在这些报刊里就有揭露南京大屠杀真相的内容,所以堀田善卫在上海时必定会有所了解。据说他写作《时间》的时候,手边有十几张现场的照片做参照。他比较早地接触到了南京大屠杀的信息,也敏感地意识到这一事件必将成为战后中日关系的焦点问题。

堀田反复在文中提及当年在南京的城墙上看到紫金山的感受。他在1946年发表的《希望与反省》一文里提到,当时看到的南京给他一种"异样感",虽然街道还算整洁,但似乎"真正的主人不在这里",突然闯入的外来者无法与当地的自然相融,"终究只是一伙烧杀掠夺的强盗"。他眼里的紫金山,仿佛"展示着地球上的人类灭绝之后的状态"。他说,"对于中日关系和东方民族的忧虑已经内化为我自己的人生苦恼"。

《青阅读》:您在序言里提到,堀田善卫写《时间》,参考了远东国际军事法庭的庭审记录。

秦刚:是的,他一定在写作时阅读并参考了东京审判中起诉方关于南京大屠杀举证的法庭记录。我去年曾写了一篇三万字的长文来讨论这个问题。我们现在阅读《时间》依然能体会到一种临场感和真实感,你只要读过有关南京大屠杀的书,就会觉得小说里的情节具有不容置疑的真实性,完全是有可能发生的。

堀田写主人公陈英谛从死人堆里爬出来,躲在一间空屋里,有人给他送粥,这个情节和在东京审判上作证的南京大屠杀幸存者伍长德的经历是一样的。我把伍长德的法庭证词和小说的情节一一比对,发现重合度非常高。虽然日本媒体关于伍长德的证词也有过一些报道,但《时间》里有一些细节,只有看过原始的审判资料才会注意到,比如小说里写到的西大门的集体屠杀的现场,护城河上的桥,道路怎么被铲去一半形成一个陡坡,让尸体可以滑到护城河里,这都完全吻合。堀田一定是看到了法庭记录,不可能取材于媒体的间接报道。

《时间》里还出现了美国医生罗伯特·威尔逊、美国传教士约翰·马吉、原金陵大学教授迈纳·贝茨(贝德士),他们都是东京审判的检方证人,而且约翰·拉贝也提到了,都是真实姓名和身份,还原出一种历史现场感。这一切让我非常惊讶,因为东京审判在日本成为历史研究的对象,是

80年代以后的事了。

《青阅读》：《时间》单行本1955年由新潮社推出，当时堀田善卫已经是获得过"芥川奖"的名作家，但《时间》似乎没有什么反响？而且六十年后才由岩波书店再版。

秦刚：堀田1952年以《广场的孤独》获"芥川奖"，1953年下半年就开始创作《时间》，先是在期刊上连载，1955年出版。当时也有过一些零星的书评，不乏对作品的惊叹，但是没有人说《时间》写的不是事实，没有南京大屠杀这回事。这种声音也是没有的。

1955年"芥川奖"获奖的作品是什么知道吗？石原慎太郎的《太阳的季节》。这在某种程度上也反映了日本社会价值观念的转向。朝鲜战争爆发使得美国改变了对日本的占领政策，对战争罪行的清肃也受到影响。不过，50年代竹内好等学者指出，日本战后责任不仅是战争领导者或一部分人的责任，而是日本全体国民都需要承担的道德责任。堀田正是用文学的方式呈现了这一议题。《时间》叩问的正是全体日本国民的道德责任，在当时也必定是极有冲击力的，只是日本文坛和评论界没能够回应这部作品所提起的问题，没有能够形成发散性的讨论。堀田小说的内容，包括写作手法，恐怕在当时还是很先锋的，并不那么通俗易懂。

其实，堀田善卫在日本的读者还是比较多的，可是对他的研究很少。他出身于富山县伏木港的一个从事海运贸易的世家，生长在港口，中学时就可以用英语交流，大学学了法语，后来又自学了西班牙语，晚年移居西班牙十年。他在上海时翻译过中文报刊的文章，汉语曾经达到可以阅读的水准。50年代起他一直积极参与亚非作家会议，去过很多国家。七十岁写作《蒙田》时，才开始学习拉丁语。他是一个名副其实的国际性的作家，对于这样一位具有丰富的跨国经验和多语种语言能力的作家，或许一般日本学者的知识储备根本应付不了，无法把他放在一个既有的框架里去理解和评价。

在上海
日本战败前后极为独特的生命经验

《青阅读》：从1945年3月24日飞抵上海，到1946年12月29日凌晨乘船回国，堀田善卫对于日本战败投降的体验，和他的中国经历相互重叠,这非常独特。他为什么会在战争末期来到中国?

秦刚: 从庆应大学法国文学科毕业后,堀田就职于国际文化振兴会,这是日本退出国联后于1934年创设的对外文化宣传机构。此后他也曾被征兵,但很快就因生病而解除兵役,1944年底又回到了振兴会。

他提到过,在被征兵之前,阅读了改造社1937年出版的七卷本《大鲁迅全集》。"绝望之为虚妄,正与希望相同",《野草》中的这句话支撑了他在战争中的精神世界,他甚至说这句话也正是他想来中国的动力。

1945年3月10日,美军数百架B-29轰炸机把东京夷为平地,近十万人被炸死,几乎都是平民。当时堀田正好在东京。真正体验过东京大轰炸的文化人并不多,因为很多人都已转移到乡下了,和堀田同龄的青壮年都在太平洋战场。这一世界末日般的城市毁灭的图景,或许也是堀田战后思考的开端。

而在空袭后的3月18日,裕仁天皇出宫"巡幸战灾地",难民们反而跪在他面前请求原谅。堀田恰好目睹了这一情景，他深感绝望，因为人们跪拜的那个对象原本应该为这场灾难负责。这也促使他想要离开日本。

国际文化振兴会新设的上海资料室正有缺员，堀田表示愿意去上海。当时民用飞机全都停掉了，他利用人脉搭上了一架海军征用的飞机，3月24日到达上海。

《青阅读》：除了战后被留用，堀田善卫在上海还有什么经历？

秦刚：堀田来到上海后，纸价飞涨，所以当初创办杂志的计划泡汤。位于外滩的怡和洋行当时是日本海军武官府，因熟人介绍，他成为那里的不领工资的顾问，每天可以去蹭午饭，他说自己是"名副其实的乞食者"。

来到上海后他吃惊地发现，上海应有尽有，只要花钱什么都能买到。他为上海和东京的强烈反差感到震惊——东京已是一副战败将至的末日之像，侨居上海的日本人都还在优哉游哉。

他也领教了日本本土不可能见证到的"皇军"的行为。他在街上目睹了日本兵对身着婚纱的中国新娘动手动脚，他冲过去打抱不平,结果自己被日本兵痛打一顿。他说自己终于慢慢明白了,"皇军"究竟在中国干了什么。

当日本投降的消息传来,堀田的感受一定是非常复杂的,他在《反省与希望》一文里提到,他甚至对进驻上海的中国士兵有一种"奇妙的亲近感"。

《青阅读》:堀田善卫写了不少以上海为背景的作品,哪些是比较重要的?

秦刚:堀田以日本战败前后的上海为背景的小说非常多,普遍带有自传色彩。比如小说《汉奸》,和《广场的孤独》一样,也是芥川奖的获奖作品,这篇小说主题中隐含着对日本人的加害责任的批判。

中长篇系列小说《祖国丧失》也取材于他的亲身体验,描写了一个在文化机构就职的日本青年如何在上海经历了日本的战败,以及他观察和接触到的中国人、日本人在天地巨变的动荡时期的各种状态。

还有长篇小说《历史》,也是以被国民政府留用的日本青年为主人公,描写了战后初期上海的各种错综复杂的政治势力之间的角逐。据研究者考证,堀田写这部小说时有意参照了茅盾的小说《子夜》。

堀田还有一本散文《在上海》。1957年他作为日本作家代表团成员访问中国,一系列纪行文章结集成《在上海》,他把重逢的上海和记忆中的上海不断穿插。这本书不论是对理解堀田善卫,还是对思考中日战后关系都十分重要,是战后日本作家写作的关于上海的最重要的著作之一。他在努力对新中国改造后的上海的城市与街巷加深了解的同时,不断让思绪回到战败后的混乱年代,去审视战争给中日两国带来的历史创痕,思索中日关系的现状和未来。

战后派
与20世纪中日共同的历史密切相关的文学

《青阅读》:堀田善卫的作品给人感觉政治意识和批判意识很强,不仅是《时间》等以中国为背景的小说,《广场的孤独》以朝鲜战争爆发为背景,揭示出日本再次成为战争基地和美军的前哨。但是他后期转向了传记小说,写了《戈雅》和《蒙田》,色彩是不是有所变化?

秦刚：政治意识与社会意识强烈，是堀田小说的一个特点。这与他的个人体验相关，是他对时代的一种发现。堀田关注的永远是"人"，政治与人的关系也是他小说里非常重要的一个课题。他的小说往往具有鲜明的社会性，他让人物处于风暴之眼的特殊位置，写出时代风貌，写出一个"大我"。

我认为，堀田在后期写《戈雅》和《蒙田》，也和他的上海经验、战争体验有关。堀田关注戈雅，缘于战争期间他读到了戈雅的画册《战争的灾难》。这组极其恐怖的版画描绘的是拿破仑军队入侵西班牙后双方的相互残杀。用堀田的话来说，戈雅是站在不偏不倚的角度，用非常冷静的目光审视战争造成的惨祸。为了写作《戈雅》，堀田用将近十年的时间把所有能够看到的戈雅的画作都看了一遍，不仅是博物馆里的收藏，还包括很多私人收藏，最后完成了厚厚的四卷本的《戈雅》，他说"欧洲的近代从戈雅开始"。

戈雅和蒙田都身处乱世，蒙田生存的时代恰逢宗教战争。《戈雅》写一个战乱时代的艺术家，怎样记录和观察眼前的一切；《蒙田》写一个思想家，怎样思考自己生存的时代。这些都和堀田的亲身体验相通。

堀田的代表作品中还有一本叫《方丈记私记》。《方丈记私记》是日本中世文学的名篇,作者鸭长明是平安末期的僧人,他生活的时代地震频发,饥荒遍地,这本书记录了他所目睹的一次次大火、饥荒、灾难。堀田赞叹鸭长明必定亲临灾难现场去记录和观察的现实主义精神。他把对这篇古典作品的解读和他看到的东京大轰炸的景象结合起来,两者交错叠合,实际上表达的还是他自己的战时体验。

《青阅读》:看来战争体验对堀田善卫是决定性的,他是日本"战后派"的代表作家,也请您介绍一下"战后派"的基本情况。

秦刚:"战后派"指的是日本战败后的1946年至1949年间出现的一批作家,重要作家还包括野间宏、武田泰淳、埴谷雄高、梅崎春生、大冈升平、加藤周一等。战时体验或战争经历是他们文学创作的重要题材和出发点,这是"战后派"作家的共通之处。但其实每个作家的战时体验、战争经历又都有所不同。堀田善卫和武田泰淳都是在上海经历了日本的战败,这使他们的战后创作在题材上多与中国相关,也让他们的作品都体现出一种对战争的赎罪意识或道义问责。

关于日本"战后派"文学，我们在 80 年代还曾有所关注，野间宏、大冈升平都曾有过译介，但 90 年代以后对日本文学的注意力就转到后现代和流行文学上来了。回过头来看，日本战后的很多问题都能在战后派文学里找到头绪和轨迹，"战后派"文学才是真正和 20 世纪中日共同的历史关系最密切的部分。在我看来，如今非常有必要回顾和重读日本的"战后派"文学。

"心与心"
一种从外部观察和思考日本的视角

《青阅读》：堀田善卫有一个著名的读者，就是宫崎骏。他在哪些方面影响了宫崎骏呢？

秦刚：宫崎骏在大学期间就开始阅读堀田的作品，在世界观，即认识世界的方式方面，乃至对人类自身的认识、对日本的认识等方面，都受到了很大的影响。如何用一种深远的、复线的、冷静的目光来看待日本，理解人类的现状和未来，在这个意义上堀田的作品带给宫崎骏许多滋养。

他们两人在80年代曾有过交往。宫崎骏拍完《风之谷》后，铃木敏夫特意请堀田写了一篇《致动画制作者》，发表在 animage 杂志上。1992年出版的《时代的风音》是堀田善卫、宫崎骏和司马辽太郎三人的对话集。堀田曾表示希望宫崎骏把他的《方丈记私记》《路上之人》改编成动画。宫崎骏的长子宫崎吾朗曾为《路上之人》创作了二百多张动画设计图稿，在这次堀田善卫百年诞辰纪念展上展出。吉卜力工作室也是展览的协办方之一。纪念展的海报上，印着宫崎骏曾经说过的一句话："如果被人问：你的电影受了谁的影响？我只能回答：堀田善卫。"

《青阅读》：堀田善卫说"过去几十年来中日两国'心与心'的问题一次都没有得到过真正的解决"（《反省与希望》，1946年），这句话到今天恐怕也不过时。我们应该怎样面对他的思考？

秦刚：堀田很早就开始思考这个问题。他在50年代写作的《在上海》中关于中日关系的预言很多都应验了。他在中日邦交正常化之前就说过，日本与中国的关系，对日本人而言不应该是外部的问题,而是日本人内在的问题,和日本的过去的历史难以分开,而且涉及日本人的道德伦理的问题。他预测说,在两国邦交正常化之后,中日关系有可能遇到更加想象不到的困难,因为最本质的问题没有解决——实际上就是历史问题。

《时间》这部小说做到了对于加害历史的换位思考,堀田把自己想象成一名在场的中国人。这部小说的写作过程,就是对加害历史的重新认识的过程。在上海的经历,使堀田获得了一种从外部审视日本的过去与现实、审视战争的视点。他一直能够从第三者的视角,而不是内在的视角来观察和思考日本。

对于堀田善卫,北海道大学的水溜真由美教授有一个有趣的归纳:一是"路上之人",他行走了很多国家,是一个用步履跨越国界的行旅者;二是"桥上之人",桥上是观察的位置,站在桥上能看到不同方向的景观。这两个关键词都出自堀田作品中的标题或者意象,形象地概括了他作为作家与知识分子的存在方式——行走、观察与思考。

(发表于《北京青年报·青阅读》B1版,2018年12月14日,

署名尚晓岚)

日俄战争,我们为何成了"在场的缺席者"?

鲁迅弃医从文的故事,我们耳熟能详。在仙台医学专门学校,他遭遇了"幻灯片事件"——画片上的中国人,一个因为替俄国做了"军事上的侦探",正要被日军砍头,其余的在一旁围观。这幻灯片呈现的,正是日俄战争中的情景;这件让鲁迅刻骨铭心之事,发生在日俄战争结束前后。

日俄战争是指1904年至1905年,日本和俄国为争夺朝鲜半岛和辽东半岛而进行的战争,陆地战场主要在中国东北。长久以来,我们的研究者似乎总是用"帝国主义列强之间的战争"将其一笔带过,关注者很少,有分量的研究成果,在中文学术界近乎空白。在这种情况下,三联书店最近出版的和田春树教授的皇皇巨著《日俄战争》就非常醒目。

为什么这场对近代史有重要影响,而且是在中国土地上进行的战争,留给我们的历史记忆如此稀薄呢?清华大学中文系的王中忱教授就此接受了《青阅读》记者的专访。

《青阅读》：为什么我们不太关注日俄战争？

王中忱：2004年，日俄战争开战一百周年的时候，我在山东威海参加一个国际学术研讨会时曾说到这个话题，那时候日本有特别热闹的讨论，和田春树教授的《日俄战争》就是那年开始写的，但中国没有人做这个。在这个领域，我们是一个"在场的缺席者"，虽然当年日俄双方交手的主战场在中国。

这当然也不奇怪。日俄战争的史料主要在日本和俄国，我们不占有直接的档案和文献，客观条件使得研究者缺少这块视野。不过，辽宁省档案馆编过一册《日俄战争档案史料》，收集了中方的相关文献，1995年辽宁古籍出版社出版，但学界没有充分地利用和讨论。

日俄战争源于两国争夺朝鲜半岛。和田先生的书，上卷有相当篇幅是讲1894年发生的甲午战争（日清战争），这场战争最初也是从朝鲜半岛开始的。结局众所周知，中国被日本打败，从朝鲜半岛完全退场，之后自然就在日俄战争中缺席了。

由于这种缺席，我们的近代史叙述就把甲午战争和日俄战争的连续性给忽略了。其实即使从最基础的层面看，日本之所以在甲午战争十年之后有能力对俄国开战，必然用到了甲午战争后中国的赔款。甲午战争的胜利使得日本国力增强，获得的巨额赔款对其经济、工业、军事等各方面的发展都起到了作用。对日本来说，日俄战争不是一次单纯的军事行动，而是一场总体战。

今天，我们首先应该认识到日俄战争的世界史意义，和田先生的著作把它视为一个世界性的事件。包括甲午战争，我们常常从中日关系或者最多是东亚历史的角度去看，实际上今天也应该看作一个世界性的事件。

19世纪40年代，英国殖民者等等开始进入中国沿海地区，但战争规模没有那么大，基本是通过战争来获取通商特权，是所谓自由贸易型的帝国主义时代。而到了19世纪70年代，欧洲列强争夺殖民地的战争越来越激烈。和田先生在书中谈到一个观点，认为1874年日本出兵台湾，意味着"大日本帝国"的开幕。也就是说，从19世纪70年代起，日本开始搭上帝国主义在全球范围内争夺殖民地的这班车，到了19世纪90年代的甲午战争，取得了比较重大的胜利，到20世纪初的日俄战争，则是决定性的胜利，正式进入列强行列。

《青阅读》：日俄战争对中国有什么影响？

王中忱：这场战争实际上对中国的影响非常大。日俄战争前后，有很多中国人流亡或留学于日本，很多是历史上的重要人物。当时的政治进程，知识阶层的思想和精神，都直接或间接地受到日俄战争的影响。

在日本当时的舆论中，日俄战争是日本战胜了欧洲的帝国，是黄种人战胜了白种人。发源于欧洲的文明论、进化论就此发生了一个"颠倒式的复制"，新的世界史由此开启——非欧洲、非白人也能成功地实现资本主义，也能进入帝国主义行列。另一方面，当时的舆论也把这场战争视为一种制度的胜利。日本在1889年颁布了明治宪法，翌年开设帝国议会。日俄战争的胜利，被视为日本的"文明政体"对俄国的"野蛮政体"的胜利。我们可以看到，清政府派五大臣出洋考察，正是在日俄战争之后。清末新政受到多方面的刺激，日本在日俄战争中的胜利也是其中的一个因素。

中国的知识人普遍觉得应该学习日本。早在义和团运动爆发后,随着俄国的军队侵占中国东北,国内和留学生中就掀起了"拒俄运动"。日俄战争初期,更是有很多留日学生和流亡的政治家都支持日本对俄作战,都站在日本一方,期待日本获胜。

1902年,梁启超在日本创办《新小说》,发表了他的第一部也是唯一的一部小说《新中国未来记》,其中有一段情节,写两个留学欧洲的青年回国闹革命,他们到了山海关,决定去被俄国人占领的旅顺看看,于是一路目睹俄国人怎么横行霸道欺负中国老百姓。有意思的是,这篇小说有一条注释,说这些描写的材料依据来自日本的报纸——1902年、1903年正是日本舆论极力宣扬俄国威胁论之时。《新小说》还连载了罗普的小说《东欧女豪杰》,写的是俄国民意党人试图推翻沙皇专制的革命故事。罗普是康有为的弟子,当时在东京留学,他也是看了日文材料写的这个小说。也就是说,当时这些中国知识人有关俄国的知识来源,主要也是日本。值得注意的是,罗普等人从这些间接辗转的材料中,捕捉到了俄国"革命"的信息。

日俄战争后,中国知识界像梁启超、蔡元培等人,都对战后的结果有一个很深的失望和反省。包括鲁迅1906年离开仙台,弃医从文,也是在日俄战争之后。

《青阅读》:日俄战争的战场在中国东北,造成了哪些后果?

王中忱:战争当然给当地民众带来深重的灾难。此外,从东北区域社会形成的角度来看,日俄战争也留下了深远的影响。从甲午战争到日俄战争,是现代东北区域社会形成的一个关键时期。

东北是清王朝的"龙兴之地",但在其入主中原之后,八旗的大部分都随之入关,东北地区一时人口骤减。盛京(沈阳)作为留都,有各部机构和八旗驻防军队,加之曾有意招募民人,辽东地区人口有所恢复,但东北的大部分地区,特别是北部吉林、黑龙江地区,很长一段时间被列为封禁之地,禁止汉人农民垦殖。

这种封禁状态后来慢慢有所改变。由山东、河北流入东北的民人由少而多,还有的蒙古王公在自己的封地主动招募民人开垦,人口越聚越多,清政府也不得不设置相应的民事机构进行管理。如嘉庆五年(1800)在郭尔罗斯前旗的长春堡设置"长春厅理事通判",就是一例。而这个"长春厅",也可说是后来长春市的由来。

1858年中俄签订《瑷珲条约》以后,清朝政府开始改变原来的封禁政策,推行移民实边,也就是通过鼓励移民来充实边疆,从而有更多关内民人迁徙而至。到1890年代,甲午战争之后,发生了俄、德、法"三国干涉还辽"事件,迫使日本把通过《马关条约》攫取的辽东半岛归还给中国。而俄国也趁机通过签订密约方式,获得在中国东北地区修筑铁路的权利,并于1897年开始在东北修建中东铁路(以哈尔滨为中心,跨越东三省至旅顺;向西经满洲里可与俄国的西伯利亚铁路相连),这条铁路作为现代交通大动脉,进一步带动了人口的流动和聚集,深远地影响了东北的区域社会形态,也对东北亚国际格局产生巨大影响。铁路竣工于1903年,1904年日俄开战,两者之间关联明显。日俄战争之后,双方谈判,俄国原来租借的旅顺、大连和中东铁路的南部权益都让渡给了日本,南满铁路(长春到旅顺)划归日本,俄国保留北满铁路(哈尔滨到长春)。

从史料上可以看到,中东铁路实际上使俄国陷入了一个矛盾。俄国人口不足,西伯利亚铁路开通后就面临移民太少的问题。修建中东铁路需要劳动力，关内大量人口因此聚集而来，而俄国的移民其实数量有限。铁路修成了，中国人在铁路沿线聚集起来，主要城市也分布在铁路沿线，东北城市的兴起和中东铁路直接相关。

日俄战争前，清政府在东北实行的一直是将军制，所谓旗民分治，其实政府关注的重点在八旗驻防。日俄战争以后，清政府意识到经略东北的重要性，1907年开始在东北导入行省制度，并设置东北总督，徐世昌出任第一任总督，推进东三省一体化，中央政府对东北的行政管辖能力也逐渐强化，这是非常重要的一个变化。

可以看出，甲午战争、日俄战争之后，东北的社会结构发生了很大变化。人口充实了，关内的人占了主流，和中央政府关系紧密了，东北的内地化程度提高了。加强内政与侵略者带来的外部压力有关。从日俄战争到"九一八"事变之前，东北是一个非常特殊的空间，铁路线和最发达的港口城市被日俄占据，在这样复杂困难的局面下，应该说中国政府和东北地方社会争取和维护自己主权的努力是非常艰辛的，也是比较成功的。

对当年的日本帝国而言，中国东北具有战略意义。日俄战争时期，日本人在朝鲜半岛修了一条战时铁路，用来运兵，从丹东（安东）到沈阳（奉天），战后这条安奉线成了常规铁路线。这就把日本、朝鲜半岛和东北紧密地连起来了，日本也就从一个海洋帝国，变成了一个海陆两栖的帝国，侵占中国东北，也改塑了日本的帝国形态。

其实，无论从海洋还是陆地的角度看，东北都具有战略性，它也有一个很大贸易圈。现在，我们的东北史研究，没有足够大的格局，还停留在地方史的层面上，这非常可惜。

《青阅读》：《日俄战争》一书有何特点？

王中忱：这当然是非常重要的一本书，一部非常严谨的学术著作。和田先生对目前世界上的日俄战争先行研究做了相当充分的调查，使用了日、俄、韩三方的文献史料，非常充分，他发掘出的一些俄文史料，连俄罗斯的学者也未曾注意到。

这部书的亮点之一在于对朝鲜半岛的论述。甲午战争、日俄战争乃至"二战"之后的抗美援朝战争，都是从朝鲜半岛开始的。朝鲜半岛一直是冲突的焦点。作为一个历史学家,和田先生的这个着眼点非常厉害。做单一国别史研究的学者,就不见得有这样的眼光。

作为一个左翼的历史学家,和田先生始终在反思日本近代化道路造成的问题。从书里可以看出,他很重视历史和人的复杂关系。他的研究既有结构性的视野,又能看出人的能动性,人的介入对历史造成的影响,以及历史的某些偶然性。还有,他在书的序言里说,对中国资料的研究仍显薄弱,这当然是谦虚的说法,他实际上是给中国学者提出了一个课题,这个工作应该由中国学术界来做。

采访手记:
和一个"神话"战斗

"二战"后的某一年,年少的和田春树写下一句新年寄语——"太平之春"。"太平"取自中国北宋大儒张载的名句"为万世开太平",这句话在昭和天皇的"终战诏书"中亦曾被引用。那时,日本社会处于战后的转型期,建设和平国家成为人们向往的目标。少年的寄语,就是祈愿和平。

时光荏苒。和田春树早已从执教多年的东京大学荣休,他是著名的俄罗斯史和朝鲜史研究专家,也是一位左翼社会活动家,在日本学术界享有崇高地位。4月10日晚,八十高龄的和田教授就其著作《日俄战争》,在清华大学进行学术演讲。老人一丝不苟地把演讲稿念了一遍。他精心研究百余年前的战争,而他一上来谈的是"和平",是对战争的反省,包括那场日本人普遍视为"正义"的日俄战争。

《日俄战争》2010年由日本学术出版的旗帜岩波书店出版,2013年获得由东亚出版人共同推举的"坡州图书奖"。经过数年的翻译校订,中文版日前由三联书店出版,上下两卷,连同附录厚达一千多页。这部大书,日文版加印四次,总计3000册,这对日本的学术出版界而言不算一个糟糕的数字;而中文版的成绩想必出乎和田教授的预料,面世不久就加印到一万八千册。责任编辑冯金红说,对于中国读者,《日俄战争》具有"填补空白"和"前沿研究"的双重意义。

"我是为了批判《坂上之云》这部小说写了《日俄战争》。"和田教授在演讲中说。《坂上之云》是司马辽太郎的著名历史小说,前些年还拍过大河剧,几十年来对日本人理解日俄战争有决定性的影响。和田教授写《日俄战争》，就从解读《坂上之云》起笔，他质疑司马辽太郎将日俄战争描绘为日本"为了生存而竭尽全力展开的防卫战"，批评司马辽太郎完全忽略了朝鲜的立场。他细密地铺陈了日、俄、韩的大量史料，展示了甲午战争、日俄战争前后，各国围绕朝鲜半岛展开的复杂交涉，以及日本怎样为了攫取朝鲜半岛而走上战争之路。

据说，岩波书店出版《日俄战争》后，日本学术界"都装看不见"。重新打量和清算这场对本民族而言堪称"神话"的战争，无疑需要巨大的勇气。从和田教授身上，能感受到日本战后左翼知识分子的传统，职业学术生涯的背后，有倔强的精神底色和强烈的现实关怀——反思日本的近代化之路，追问战争责任，关注弱者立场，维护永久和平。

"'二战'后，日本有反省侵略的潮流，但人们会认为日俄战争是绝对正义的。和田先生的书完全颠覆了这个看法，他认为日俄战争的起因是日本想吞并朝鲜。朝鲜是全书的核心。"冯金红说，"这本书通过大量史料说话，充分呈现了历史的复杂性。它完全不管交战过程，就讲'起源和开战'，追究这场战争的起因，作者是在反省日本的责任。可以说，从史料到观点,《日俄战争》都站在当代学术的前沿。"

"和田先生对日俄战争的看法,对日本人来说无疑很有冲击力,但在我们当代中国人的历史理解中,日俄战争是一场帝国主义列强之间的侵略战争,这是没有争议的问题。"中国社科院近代史所学者李志毓觉得,《日俄战争》另有发人深省之处,"从传统革命史的角度,国别史的角度,或今天流行的地缘政治的视角,都不能充分理解这部书的意义。它提醒我们,日俄战争是一个与中国有关的大事件,我们自己要有一个反省和再出发,把它纳入对中国的历史理解。"

很巧,在推出《日俄战争》的同时,三联书店还出版了两本近代史方面的著作:《蹇蹇录》——甲午战争前后的日本外相陆奥宗光的回忆录(系新译本);《灵台无计逃神矢》——描画了甲午战争后中国留日学生的精神世界。如果把它们与《日俄战争》合而观之,恰好呈现出一种历史的连续性,19世纪末20世纪初动荡的东亚世界扑面而来,政坛风雨、时代思潮与个体经验相互映照。历史不会消逝,百余年前屈辱痛苦而又磨砺人心的岁月,仍在召唤我们前行。

(发表于《北京青年报·青阅读》B1版,2018年4月13日,

署名尚晓岚)